須田町

日比谷附近

神田橋

浅草仲店

銀　座

京　橋

十二階附近

上野附近

兩國橋

両国橋

新富座跡

新富座跡

大正 12 年 10 月 20 日～ 31 日

資料提供：小宮家

中公文庫

地震雑感／津浪と人間

寺田寅彦随筆選集

寺 田 寅 彦
千葉俊二／細川光洋 編

中央公論新社

目次

地震雑感／津浪と人間

I

断水の日

十二月八日*1の晩にかなり強い地震があった。それは私が東京に住まうようになって以来覚えないくらい強いものであった。振動週期の短い主要動の始めの部分に次いでやって来る緩慢な波動が明らかに身体に感ぜられるのでも、この地震があまり小さなものではないと思われた。このくらいのならあとから来る余震が相当に頻繁に感じられるだろうと思っていると、果《はた》してかなり鮮明なのが相次いでやって来た。

山の手の、地盤の固いこの辺の平家《ひらや》でこれくらいだから、神田辺の地盤の弱い処《ところ》では壁がこぼれるくらいの処はあったかもしれないというような事を話しながら寝てしまった。

翌朝の新聞で見ると実際下町では庇《ひさし》の瓦《かわら》が落ちた家もあったくらいで、先《ま》ず明治二十八年来の地震*2だという事であった。そしてその日の夕刊に淀橋近くの水道の溝渠《こうきょ》*3が崩れて附近が洪水のようになり、そのために東京全市が断水に遇《あ》う恐れがあるので、今大急ぎで応急工事をやっているという記事が出た。

偶然その日の夕飯の膳《ぜん》で私達はエレベーターの話をしていた。あれを吊るしてある鋼条が切れる心配はないかというような質問が子供のうちから出たので、私はそのような事のあった実例を話し、それからそういう危険を防止するために鋼条の弱点の有無を電磁作用で不断に検査する器械の発明されている事も話しなどした。それを話しながらも、また話した後でも、私の頭の奥の方で、現代文明の生んだあらゆる施設の保存期限が経過した後に起るべき種々な困難がぼんやり意識されていた。これは昔天が落ちて来はしないかと心配した杞《き》の国の人の取越苦労とはちがって、あまりに明白過ぎるほど明白な、有限な未来に来るべき当然の事実である。例えばやや大きな地震があった場合に都市の水道や瓦斯《ガス》が駄目になるというような事は、初めから明らかに分っているが、また不思議に皆がいつでも忘れている事実である。

それで食後にこの夕刊の記事を読んだ時に、何となしに変な気持がした。今のついさきに思った事とあまりによく適応したからである。

それにしても、その程度の地震で、それればかりで、あの種類の構造物が崩壊するのは少しおかしいと思ったが、新聞の記事をよく読んでみると、かなり以前から多少亀裂《きれつ》でもはいって弱点のあったのが地震のために一度に片付いてしまったのであるらしい。そのような亀裂の入ったのはどういう訳だか、例えば地盤の狂いといったような不可抗の理由によるのか、それとも工事が元来あまり完全でなかったためだか、そんな事は今のところ誰にも分らない問題であるらしい。

それはいずれにしても、こういう困難はいつかは起るべきはずのもので、これに対する応急の処置や設備はあらかじめ十分に研究されてあり、またそのような応急工事の材料や手順はちゃんと定められていた事であろうと思って安心していた。

十日は終日雨が降った、そのために工事が妨げられもしたそうで、とうとう十一日は全市断水という事になった。ずいぶん困った人が多かったには相違ないが、それでも私のうちでは幸いに隣の井戸が借りられるので大した不便はなかった。昼頃用があって花屋へ行って見たらすべての花は水々していた。昼過ぎに、遠くない近所に火事があったがそれも間もなく消えた。夕刊を見ながら私は断水の不平よりはむしろ修繕工事を不眠不休で監督しているいわゆる責任のある当局の人達の心持を想像して、これも気の毒でたまらないような気もした。

このような事のある一方で、私の宅の客間の電燈をつけたり消したりするために壁に取りつけてあるスイッチが破損して、明りがつかなくなってしまった。電燈会社の出張所へ掛け合ってみたが、会社専用のスイッチでなくて、式のちがったのだから、こちらで買ってからでないと附け換えてくれない。それで已《や》むを得ず私は道具箱の中から銅線の切れはしを捜し出して、ともかくも応急の修理を自分でやって、その夜はどうにか間に合わせた。その時に調べてみると、ぼたんを押した時に電路を閉じるべき銅板のばねの片方の翼が根元から折れてしまっていたのである。

実はよほど前に、便所に取附けてある同じ型のスイッチが、やはり同じ局部の破損のために役に立たなくなって、これもその当座自分で間に合せの修理をしたままで、ついそれなりにしておいたのである。取附けてからまだ三年にもならないうちに二個までも同じ部分が破損するところを見ると、このスイッチのこしらえ方はあまりよくないと云わなければならない。もう少し作り方なり材料なりを親切に研究したのなら、これほど脆《もろ》く出来るはずはないだろうと思われた。銅板を曲げた角の処にはどの道かなり無理がいっているから、あとで適当になますとか、あるいは使用のたびにそこに無理が繰返されないように構造の方を工夫するとか、何とかして欲しいものだと思った。

水道の断水とスイッチの故障との偶然な合致から、私は色々の日本で出来る日用品について平生から不満に思っていた事を一度に思い出させられるような心持になって来た。

第一に思い出したのが呼鈴《ベル》の事であった。今の住居に移った際に近所の電気屋さんに頼んで、玄関や客間の呼鈴を取付けてもらった。ところが、それがどうも故障が多くて鳴らぬがちである。電池が悪いかと思って取換えてもすぐいけなくなる。よく調べてみると銅線の接合した処はハンダ付けもしないでテープも巻かずにちょっとねじり合せてあるのだが、それが台所の戸棚の中などにあるから真黒く錆《さ》びてしまっている。それを磨《みが》いて継ぎ直したらいくらかよくなったが、またすぐにいけなくなる。だんだんに吟味してみると電鈴自身の拵《こしら》え方がどうしても本当でないらしい。本当なら白金《プラチナ》か何か酸化しない金属を付けておくべき接触点がニッケルくらいで出来ているので、少し火花が出るとすぐに電気を通さなくなるらしい。時々そこをゴリゴリ摩《こす》り合せるとうまく鳴るが、毎日忘れずにそれをやるのは厄介《やっかい》である。これは一体コイルの巻数や銅線の大きさなどが全くいい加減に出来ていて、無暗《むやみ》に強い電流が流れるからと思われる。それだからちょっとやってみる試験には通過しても、永い使用には堪えないように初めから出来ている。それを二年も三年も使おうという方が無理だということが分った。そしてずいぶん不愉快な気がした。こういうものが平気に市場に出ていて、誰でもがそれを甘んじて使っているかと思うのが不愉快であった。しかしまさかこんな偽物ばかりもあるまいと思って、試みに銀座のある信用ある店でよく聞き訊《ただ》した上で買って来たのを付け換えたら、今度は先ずいいようである。ついでに導線の接合をすっかりハンダで付けさせようと思ったが前の電気屋はとうの昔どこかへ引越して居なくなったし、別のに頼んでみると面倒臭がって、そしてハンダ付けなど必要はないと云ってなかなかやってはくれない。

少々価は高くとも永い使用に堪える本当のものが欲しいと思っても、そんなものは今の市場ではなかなか容易には得られない。例えばプラチナを使った呼鈴などは、高くて誰も買人《かいて》はないそうである。これは実際それほど必要ではないかもしれないが、プラチナを使わないなら使わなくても好いだけに外の部分の設計が出来ていないのはどうも困る。

私の頼んだ電気屋が偶然最悪のものであったかもしれないが、方々《ほうぼう》に鳴らない玄関の呼鈴が珍しくないところから見ると私と同じ場合はかなりに多いかもしれない。

もしこんな電気屋が栄え、こんな呼鈴がよく売れるとすると、その責任の半分くらいは、あまりに大人しくあきらめのいい使用者の側にもありはしまいか。

呼鈴に限らず多くの日本製の理化学的器械についてよく似た事に幾度出逢ったか分らないくらいである。例えば玩具のモートルを店屋でちょっとやってみる時はよく廻るが買って来て五分もやればブラシの処がやけてもういけなくなる。

蓄音機の中の歯車でもじきにいけなくなるのがある。これは歯車の面の曲率などがいい加減なためだか、材料が悪いためだか分らない。おそらく両方かもしれない。

このような似て非なるものを製する人の中には、西洋で出来た品を大体の外形だけ見て、ただいい加減にこしらえればそれでいいものだと思っているのが或いはありはしまいか。ある人の話では電気の絶縁のためにエボナイトを使ってある箇所を真鍮《しんちゅう》で作って、黒く色だけをつけておいた器械屋があるという。これはおそらくただの話かもしれない。しかしそれと五十歩百歩のいい加減さは到る処にあるかもしれない。

五十年前に父が買った舶来《はくらい》のペンナイフは、今でも砥石《といし》をあてないでよく切れるのに、私がこの間買った本邦製のはもう刃がつぶれてしまった。古ぼけた前世紀の八角の安時計が時を保つのに、大正出来の光る置時計の中には、年中直しにやらなければならないのがある。

すべてのものがただ外見だけの間に合せもので、本当に根本の研究を経て来たものでないとすると、実際吾々《われわれ》は心細くなる。質の研究の出来ていない鈍刀《なまくら》はいくら光っていても恰好《かっこう》がよく出来ていてもまさかの場合に正宗《まさむね》の代りにならない。品物について私の今云ったような事が知識や思想についても云われ得るというような事にでもなるといよいよ心細くなる訳であるが、そういう心配が全くないとも云われないような気がする。

水道の止まった日の午頃《ひるごろ》、縁側の日向《ひなた》で子供が絵端書《えはがき》を並べて遊んでいた。その絵端書の中に天文や地文に関する図解や写真をコロタイプで印刷した一組のものが眼についた。取上げてよく見ると、それはずいぶん非科学的な、そして見る人に間違った印象や知識を与えるものであった。なかんずく月の表面の凹凸の模様を示すものや太陽の黒点や紅焔やコロナを描いたものなどはまるで嘘だらけなものであった。例えば妙な紅焔が変に尖《とが》った太陽の縁に突出しているところなどは「離れ小島の椰子《やし》の樹」とでも云いたかった。

科学の通俗化という事の奨励されるのは誠に結構な事であるが、こういう風に堕落してまでも通俗化されなければならないだろうかと思ってみた。科学その物の面白味は「真」というものに附随しているから、これを知らせる場合に、非科学的な第二義的興味のために肝心の真を犠牲にしてはならないはずである。しかし実際の科学の通俗的解説には、ややもすると本当の科学的興味は閑却されて、不妥当な譬喩《ひゆ》やアナロジーの見当違いな興味が高調されやすいのは惜しい事である。そうなっては科学の方は借りもので、結果はただ誤った知識と印象を伝えるばかりである。私は本当に科学を通俗化するという事はよほど優れた第一流の科学者にして初めて出来得《う》る事としか思われないのに、事実はこれと反対な傾向のあるのを残念に思う。

このようにして普及された間に合せの科学的知識を頼りにしている不安さは、不完全な水道をあてにしている市民の不安さに比べてどちらとも云われないと思った。そして不愉快な日の不愉快さをもう一つ附け加えられるような気がした。

水道がこんな具合だと、うちでも一つ井戸を掘らなければなるまいという提議が夕飯の膳で持ち出された。しかしおそらくこの際同じような事を考える人も多数にあるだろう、従って当分は井戸掘りの威勢が強くてとても吾々の処へは手が廻らないかもしれないという説も出た。

こんな話をしているうちにも私の連想は妙な方へ飛んで、欧州大戦当時に従来ドイツから輸入を仰いでいた薬品や染料が来なくなり、学術上の雑誌や書籍が来なくなって困った事を思い出した。そしてドイツ自身も第一にチリ硝石の供給が断えて困るのを、空気の中の窒素を採って来てどしどし火薬を作り出したあざやかな手際《てぎわ》をも思い出した。

そして、どうしてもやはり、家庭でも国民でも「自分のうちの井戸」がなくては安心が出来ないという結論に落ちて行くのであった。

翌日も水道はよく出なかった。そして新聞を見ると、この間出来上がったばかりの銀座通りの木煉瓦《もくれんが》が雨で浮き上がって破損したという記事が出ていた。多くの新聞はこれと断水とを一緒にして市当局の責任を問うような口調を漏らしていた。私はそれらの記事を尤《もっと》もと思うと同時にまた当局者の心持も思ってみた。

水道にせよ木煉瓦にせよ、つまりはそういう構造物の科学的研究がもう少し根本的に行き届いていて、あらゆる可能な障害に対する予防や注意が明白に分っていて、そして材料の質やその構造の弱点などに関する段階的系統的の検定を経た上でなければ、誰も容認しない事になっていたのならば、おそらくこれほどの事はあるまいと思われる。

永い使用に堪えない間に合せの器物が市場に蔓《はびこ》り、安全に対する科学的保証の付いていない公共構造物が到る処に存在するとすれば、その責を負うべきものは必ずしも製造者や当局者ばかりではない。

もしも需要者の方で粗製品を相手にしなければ、そんなものは自然に影を隠してしまうだろう。そして誤魔化《ごまか》しでないほんものが取って代るに相違ない。

構造物の材料や構造物に対する検査の方法が完成していれば、性《たち》の悪い請負師《うけおいし》でも手を抜く隙がありそうもない。そういう検定方法は切実な要求さえあらばいくらでも出来るはずであるのにそれが実際には出来ていないとすれば、その責任の半分は無検定のものに信頼する世間にもないとは云われないような気がする。

私が断水の日に経験したいろいろな不便や不愉快の原因をだんだん探って行くと、どうしても今の日本における科学の応用の不徹底であり表面的であるという事に帰着して行くような気がする。このような障害の根を絶つためには、一般の世間が平素から科学知識の水準をずっと高めて贋物《にせもの》と本物とを鑑別する眼を肥やし、そして本物を尊重し贋物を排斥するような風習を養うのが一番近道で有効ではないかと思ってみた。そういう事が不可能ではない事は日本以外の文明国の実例がこれを証明しているように見える。

こんな事を考えていると吾々の周囲の文明というものがだんだん心細く頼りないものに思われて来た。なんだか炬燵《こたつ》を抱いて氷の上に坐っているような心持がする。そして不平を云い人を責める前に吾々自身がもう少ししっかりしなくてはいけないという気がして来た。

断水はまだいつまで続くか分らないそうである。

どうしても「うちの井戸」を掘る事にきめる外《ほか》はない。

（大正十一年一月一日から三日「東京朝日新聞」、一月一日二日「大阪朝日新聞」）

事変の記憶

　今度の地震と、[*1]そのために起こった大火事とによって、我々は滅多に得られない苦い経験を嘗《な》めさせられた。この経験をよく嚙みしめて味わってそうしていつかはまた起こるべき同じような災いをできるだけ軽くするように心掛けたいものである。これは今誰でもそう思い、また言っていることであるが、この苦い経験の記憶がいつまでつづき、この心掛けがいつまで忘れられないでいるかということが問題である。咽喉もと過ぎれば熱さを忘れ、よい気持ちになって太平楽の夢を見る時分になって、再び襲って来る災いのために、我々の子孫がまた今度と同じ、あるいはもっと、もっと苦い経験を嘗めなければならないような日が来るのではあるまいか。

　私は今度の地震や火事についていろいろの調べをするについて、何かそのために参考になることもあろうかと思って、昔から今までに、この東京の土地で起こった大地震《おおじしん》や大火事に関するいろいろの古い記録を調べて読んでみた。それを読んでいるうちに、深く心を動かされたことは、今度我々が嘗めたと全く同じ経験を昔の人がさんざんに嘗め尽くして来ているということである——しかも、そういう経験がいつの間にか全く世の中からは忘れられてしまって、今文明開化を誇っている我々がまた昔の人の愚かさをそのままに繰返しているという不思議な、笑止な情けない事実である。

強い地震の後で火事が起これば、土蔵などは火除けの役に立たなくなるということもちゃんと古い記録に載っている。水道が地震で壊れることも、外国の例などを引くまでもなく、安政の江戸の地震で示されている。火事に持ち出した荷物を広場にたくさん持ち込んで、それに火がついたために大勢の人の焼け死んだためしも、そのために橋の焼け落ちた例もある。東京の地面がどの辺が地震に弱くってどの辺が強いかということもこれまでの地震の記録で明らかに示されていたはずである。

今度の事変に対して政府のとったようないろいろの処置とほとんど同じようなことを昔の政府がしている。そうして、それがむしろ今よりももっと手捷《てばし》っこく、手際《てぎわ》よくできたかと思われるふしさえある。これには勿論いろいろの事情の違いもあるにちがいないが、ともかくも私はこれらの古い記録を読んでいるうちに、今の人間が昔の人に比べてちっとも利巧になっていないのではないか、進歩しているのはただ〝物質〟だけではないかという気がしてならなかった。このようなことをある人に話したら、その人の言うのに、物質が進んだ代わりに人間は退歩した、昔の自警団は罪もない人をなぶり殺しにはしなかったと。

焼け死んだ人の体についた物を盗むような恐ろしい心の持ち主が昔あったように今でもある。いろいろの根も葉もない噂に心を惑わされてうろたえ騒いだのは昔ばかりのことでもなかった。明暦の火事には由井正雪《ゆいのしょうせつ》*3の残党であったのが、大正の今日では朝鮮人と*4社会主義者に名前を変えただけである。今夜の何時に強い揺り返しが来るなどと触れ歩き、またそれを信じるような人がいわゆる知識階級にもある。してみると今の知識階級は昔の江戸の文盲な素町人《すちようにん》と同じ程度のものだとも言われる。

今度の火事で東京の町の立て直しの目論見がいろいろ出ている。これとよく似たことが昔の記録にも数々残っている。たとえば明暦の大火事の経験から、神田川の堀を広げたり、京橋と日本橋の間に三つの広小路を造ったりして、いわゆる防火線を設けている。そんなことはとくの昔に忘れられて中橋広小路が名ばかりに残っていた。そうして、町幅にかまわず、地盤にかまわず、無茶苦茶に高い家を建て並べた。そこを見計らって今度の地震と火事が来た。

昔の火事の経験からところどころに〝火除け場〟と称《とな》える広場が出来た。しかし、それはそのために風俗を乱すようなことがあったために、いつの間にか止《や》まってしまった。今度新たに出来るという広場や公園の遠い運命がどうなるだろうか。これが見物《みもの》である。

著しい事変のある度に、それが、人間の風儀の悪くなったための天罰だと言って、自分ひとりが道徳家ででもあるような顔をしたがる人がある。これも昔から今まで変りはない。

昔のそういう人の書いたものをよく見ると、人間というものは昔から全く同じことばかり繰り返しているものだという気がする。どうしてこういつまでも進歩しないものであろう。つまりは、〝経験の記憶〟というものが弱いためではあるまいか。言いかえれば広い意味での〝学問〟が足りないためではあるまいか。あるいは、それを知っていても、その日暮らしの料簡《りょうけん》で、それを気に掛けないためだろうか。

いくら跳ね飛ばしても弾《はじ》き飛ばしてもランプの灯《ひ》に寄って来るカナブンブンと我々人間との違いは、ただ〝記憶の時間の長さ〟の違いに過ぎないのではないかという気もする。

（大正十二年十月「ローマ字世界」）

石油ランプ

（この一篇を書いたのは八月の末であった。九月一日の朝、最後の筆を加えた後に、これを状袋に入れて、本誌に送るつもりで服のかくしに入れて外出した。途中であの地震に会って急いで帰ったので、とうとう出さずにしまっておいた。今取出して読んでみると、今度の震災の予感とでも云ったようなものが書いてある。それでわざとそのままに本誌にのせる事にした。）

生活上のある必要から、近い田舎の淋しい処に小さな隠《かく》れ家《が》[*1]を設けた。大方は休日などの朝出かけて行って、夕方はもう東京の家へ帰って来る事にしてある。しかしどうかすると一晩くらいそこで泊るような必要が起るかもしれない。そうすると夜の燈火の用意が要る。

電燈はその村に来ているが、私の家は民家とかなりかけ離れた処に孤立しているから、架線工事が少し面倒であるのみならず、月に一度か二度くらいしか用のないのに、わざわざそれだけの手数と費用をかけるほどの事もない。やはり石油ランプの方が便利である。

それで家が出来上がる少し前から、私はランプを売る店を注意して尋ねていた。

散歩のついでに時々本郷神田辺のガラス屋などを聞いて歩いたが、どこの店にも持合わせなかった。それらの店の店員や主人は「石油ランプはドーモ……」と、特に「は」の字にアクセントをおいて云って、当惑そうな、あるいは気の毒そうな表情をした。傍で聞いている小店員の中には顔を見合せてニヤニヤ笑っているのもあった。おそらくこれらの店の人にとって、今頃石油ランプの事などを顧客に聞かれるのは、とうの昔に死んだ祖父の事を、戸籍調べの巡査に聞かれるような気でもする事だろう。

ある店屋の主人は、銀座の十一屋《じゅういちや》にでも行ったらあるかも知れないと云って注意してくれた。散歩のついでに行って見ると、なるほどあるにはあった。米国製でなかなか丈夫に出来ていて、ちょっとくらい投《ほう》り出しても壊れそうもない、またどんな強い風にも消えそうもない、実用的には申し分のなさそうな品である。それだけに、どうも座敷用または書卓用としては、あまりに殺風景なような気がした。

これは台所用としてともかくも一つ求める事にした。

蠟燭《ろうそく》にホヤをはめた燭台《しょくだい》や手燭《てしょく》もあったが、これは明るさが不充分なばかりでなく、何となく一時の間に合せの燈火だというような気がする。それにランプの焔はどこかしっかりした底力をもっているのに反して、蠟燭の焔は云わば根のない浮草のように果敢《はか》ない弱い感じがある。その上にだんだんに燃え縮まって行くという自覚は何となく私を落着かせない。私は蠟燭の光の下で落着いて仕事に没頭する気にはなれないように思う。

しかし何かの場合の臨時の用にもと思ってこれも一つ買う事にはした。

肝心の石油ランプはなかなか見付からなかった。粗末なのでよければ田舎へ行けばあるだろうとおもっていたが、いよいよあたって見ると、都に近い田舎で電燈のない処は今時もうどこにもなかった。従ってそういう淋しい村の雑貨店でも、神田本郷の店屋と全く同様な反応しか得られなかった。

だんだんに意外と当惑の心持が増すにつれて私は、東京という処は案外に不便な処だという気がして来た。

もし万一の自然の災害か、あるいは人間の故障、例えば同盟罷業《どうめいひぎょう》＊2やなにかのために、電流の供給が中絶するような場合が起ったらどうだろうという気もした。そういう事は非常に稀な事とも思われなかった。一晩くらいなら蠟燭で間に合せるにしても、もし数日も続いたら誰もランプが欲しくなりはしないだろうか。

これに限らず一体に吾々は平生あまりに現在の脆弱《ぜいじゃく》な文明的設備に信頼し過ぎているような気がする。たまに地震のために水道が止まったり、暴風のために電流や瓦斯《ガス》の供給が絶たれて狼狽する事はあっても、しばらくすれば忘れてしまう。そうしてもっと甚だしい、もっと永続きのする断水や停電の可能性がいつでも目前にある事は考えない。

人間はいつ死ぬか分らぬように器械はいつ故障が起るか分らない。殊《こと》に日本で出来た品物には誤魔化《ごまか》しが多いから猶更《なおさら》である。

ランプが見付からない不平から、ついこんな事まで考えたりした。

そのうちに偶然ある人から日本橋区のある町に石油ランプを売っている店があるという事を教えられた。やっぱり無いのではない、自分の捜し方が不充分なのであった。

丁度忙しい時であったから家族を見せに遣《や》った。

その店は卸し屋で小売はしないのであったが、強いて頼んで二つだけ売ってもらったそうである。どうやらランプの体裁だけはしている。しかし非常に粗末な薄っぺらな品である。店屋の人自身がこれはほんのその時きりのものですから永持ちはしませんよと云って断っていたそうである。

どうして、わざわざそんな一時限りの用にしか立たないランプを製造しているのか。そういう品物がどういう種類の需要者によって、どういう目的のために要求されているかという事を聞きただしてみたいような気がした。何故もう少し、しっかりした、役に立つものを作らないのか要求しないのか。

この最後の疑問はしかしおそらく現在の我国の物質的のみならず精神的文化の種々の方面に当て嵌《は》まるものかもしれない。この間に合せのランプはただそれの一つの象徴であるかもしれない。

二つ買って来たランプの一つは、石油を入れてみると底のハンダ付けの隙間から油が泌《し》み出して用をなさない。これでは一時の用にも立ちかねる。これはランプではない。つまりランプの外観だけを備えた玩具か標本に過ぎない。

ランプの心《しん》は一把《わ》でなくては売らないというので、一把百何十本買って来た。おそらく生涯使っても使いきれまい。自分の宅《うち》でこれだけ充実した未来への準備は外にはないだろうと思っている。しかしランプの方の保存期限が心の一本の寿命よりも短いのだとすると心細い。

このランプに比べてみると、実際アメリカ出来の台所用ランプはよく出来ている。粗末なようでも、急所がしっかりしている。すべてが使用の目的を明確に眼前に置いて設計され製造されている。これに反して日本出来のは見掛けのニッケル鍍金《めっき》などに無用な骨を折って、使用の方からは根本的な、油の漏れないという事の注意さえ忘れている。

ただアメリカ製のこの文化的ランプには、少なくも自分にとっては、一つ欠けたものがある。それを何と名づけていいか、今ちょっと適当な言葉が見付からない。しかしそれはただこのランプに限らず、近頃の多くの文化的何々と称するものにも共通して欠けているある物である。

それはいわゆる装飾でもない。

何と云ったらいいか。例えば書物の頁の余白のようなものか。それとも人間のからだで云えば、例えば――まあ「耳たぶ」か何かのようなものかもしれない。耳たぶは、あってもなくても、別に差支えはない。しかしなくてはやっぱり物足りない。

その後軽井沢に避暑している友人の手紙の中に、彼地《かのち》でランプを売っている店を見たと云ってわざわざ知らせてくれた。また郷里へ注文して取寄せてやろうかと云ってくれる人もあった。しかしせっかく遠方から取寄せても、それが私の要求に応じるものでなかったら困ると思って、そのままにしてある。どうせ取寄せるなら、どこか、イギリス辺の片田舎からでも取寄せたら、そうしたらあるいは私の思っているようなものが得られそうな気がする。

しかしそれも面倒である。結局私はこの油の漏れる和製の文化的ランプをハンダ付けででもして修繕して、どうにか間に合わせて、それで我慢する外はなさそうである。

（大正十三年一月「文化生活の基礎」）

地震雑感

一　地震の概念

地震というものの概念は人々によってずいぶん著しくちがっている。理学者以外の世人にとっては、地震現象の心像はすべて自己の感覚を中心として見た展望図《パースペクティヴ》に過ぎない。震動の筋肉感や、耳に聞こゆる破壊的の音響や、眼に見える物体の動揺転落する光景などが最も直接なもので、これには不可抗的な自然の威力に対する本能的な畏怖が結合されている。これに附帯しては、地震の破壊作用の結果として生ずる災害の直接あるいは間接な見聞によって得らるる雑多な非系統的な知識と、それに関する各自の利害の念慮や、社会的あるいは道徳的批判の構成等である。

地震の科学的研究に従事する学者でも前述のような自己本位の概念をもっていることは勿論であるが、専門の科学上の立場から見た地震の概念は自《おの》ずからこれと異なったものでなければならない。
もし現在の物質科学が発達の極に達して、あらゆる分派の間の完全な融合が成立する日があるとすれば、その時には地震というものの科学的な概念は一つ、而《しか》してただ一つの定まったものでなければならないはずだと思われる。しかし現在のように科学というものの中に、互いに連絡のよくとれていない各分科が併立して、各自の窮屈な狭い見地から覗《うかが》い得る範囲だけについていわゆる専門を称《とな》えている間は、一つの現象の概念が科学的にも雑多であり、時としては互いに矛盾する事さえあるのは当然である。

地震を研究するには種々の方面がある。先ず第一には純統計的の研究方面がある。この方面の研究者にとっては一つ一つの地震は単に一つ一つの算盤玉《そろばんだま》のようなものである、たとえ場合によっては地震の強度を分類する事はあっても、結局は赤玉と黒玉とを区別するようなものである。第二には地震計測の方面がある。この方面の専攻者にとっては、地震というものはただ地盤の複雑な運動である。これをなるべく忠実に記録すべき器械の考案や、また器械が理想的でない場合の記録の判断や、そういう事が主要な問題である。それから一歩を進むれば、震源地の判定というような問題に触れる事にはなるが、更にもう一歩を進めるところまで行く暇のないのが通例である。この専門にとっては、地震というものと地震計の記象とはほとんど同意義《シノニム》である。ある外国の新聞に今回の地震の地震計記象を掲げた下に Japanese Earthquake reduced to line. と題してあるのを面白いと思って見たが、実際計測的研究者にとっては研究の対象は地震よりはむしろ「線に直した地震」であるとも云われる。

第三に地質学上の現象として地震を見るのもまた一つの見方である。

この方面から考えると、地震というものの背景には我地球の外殻を構成している多様な地層の重畳したものがある。それが皺曲《しゅうきょく》や断層やまた地下熔岩の迸出《へいしゅつ》によって生じた脈状あるいは塊状の夾雑物《きょうざつぶつ》によって複雑な構造物を形成している。その構造の如何なる部分に如何なる移動が起ったかが第一義的の問題である。従ってその地質的変動によって生じた地震の波が如何なる波動であったかというような事はむしろ第二義以下の問題と見られる傾向がある。この方面の専門家にとっては地震即地変である。またいわゆる震度の分布という問題についても地質学上の見地から見ればいわゆる「地盤」という事をただ地質学的の意味にのみ解釈する事は勿論の事である。

第四には物理学者の見た地震というものがある。この方の専門的な立場から見れば、地震というものは、地球と称する、弾性体で出来た球の表面に近き一点に、ある簡単な運動が起って、そこから各種の弾性波が伝播する現象に外ならぬのである。そして実際多くの場合に均質な完全弾性体に簡単なる境界条件を与えた場合の可逆的な変化について考察を下すに過ぎないのである。物理学上の方則には誤りはないはずであっても、これを応用すべき具体的の「場合」の前提とすべき与件の判定は往々にして純正物理学の範囲を超越する。それ故に物理学者の考える地震というものは結局物理学の眼鏡を透して見得るだけのものに過ぎない。

同じく科学者と称する人々の中でも各自の専門に応じて地震というものの対象がかくのごとく区々《まちまち》である。これは要するにまだ本当の意味での地震学というものが成立していない事を意味するのではあるまいか。各種の方面の学者はただ地震現象の個々の断面を見ているに過ぎないのではあるまいか。

これらのあらゆる断面を綜合して地震現象の全体を把握する事が地震学の使命でなくてはならない。勿論、現在少数の地震学者はとうにこの種の綜合に努力し、既に幾分の成果を齎《もたら》してはいるが、各断面の完全な融合はこれを将来に待たなければならない。

二　震　源

従来でもちょっとした地震のある度にいわゆる震源争いの問題が日刊新聞紙上を賑わすを常とした。これは当の地震学者は勿論すべての物理的科学者の苦笑の種となったものである。

震源とは何を意味するか、また現在震源を推定する方法が如何なるものであるかというような事を多少でも心得ている人にとっては、新聞紙のいわゆる震源争いなるものが如何に無意味なものであるかを了解する事が出来るはずである。

震源の所在を知りたがる世人は、おそらく自分の宅《うち》に侵入した盗人を捕えたがると同様な心理状態にあるものと想像される。しかし第一に震源なるものがそれほど明確な単独性《インディヴィジュアリティ》をもった個体と考えてよいか悪いかさえも疑いがある、のみならず、たとえいわゆる震源が四元幾何学的の一点に存在するものと仮定しても、また現在の地震計がどれほど完全であると仮定しても、複雑な地殻を通過して来る地震波の経路を判定すべき予備知識の極めて貧弱な現在の地震学の力で、その点を方数里の区域内に確定する事がどうして出来よう。

いわんや今回のごとき大地震の震源はおそらく時と空間のある有限な範囲に不規則に分布された「震源群」であるかもしれない。そう思わせるだけの根拠は相当にある。そうだとすると、震源の位地を一小区域に限定する事はおそらく絶望でありまた無意味であろう。観測材料の選み方によって色々の震源に到達するはむしろ当然の事ではあるまいか。今回地震の本当の意味の震源を知るためには今後専門学者のゆっくり落着いた永い間の研究を待たなければなるまい。事によると永久に充分には分らないで終るかもしれない。

三　地震の源因

震災の源因という言語は色々に解釈される。多くの場合には、その地震が某火山の活動に起因するとか、あるいは某断層における地辷《じすべ》りに起因するとかというような事が一通り分れば、それで普通の源因追究欲が満足されるようである。そしてその上にその地辷りなら地辷りが如何なる形状の断層に沿うて幾メートルの距離だけ移動したというような事が分ればそれで万事は解決されたごとく考える人もある。これは源因の第一段階である。

しかし如何なる機巧《メカニズム》でその火山のその時の活動が起ったか、また如何なる力の作用でその地辷りを生じたかを考えてみる事は出来る。これに対する答としては更に色々な学説や臆説が提出され得る。これが源因の第二段階である。例えば地殻の一部分にしかじかの圧力なり歪力《わいりよく》なりが集積したために起ったものであるという判断である。

これらの学説が仮りに正しいとした時に、更に次の問題が起る。すなわち地殻のその特別の局部に、そのような特別の歪力を起すに到ったのは何故かという事である。これが源因の第三段階である。

問題がここまで進んで来ると、それはもはや単なる地震のみの問題ではなくなる。地殻の物理学あるいは地球物理学の問題となって来るのである。

地震の源因を追究して現象の心核に触れるがためには、結局ここまで行かなければならないはずだと思われる。地球の物理を明らかにしないで地震や火山の現象のみの研究をするのは、事によると、人体の生理を明らかにせずして単に皮膚の吹出物だけを研究しようとするようなものかもしれない。地震の根本的研究はすなわち地球特に地殻の研究という事になる。本当の地震学はこれを地球物理学の一章として見た時に始めて成立するものではあるまいか。

地殻の構造について吾人《ごじん》の既に知り得たところは甚だ少ない。重力分布や垂直線偏差から推測さるるイソスタシー[*1]の状態、地殻潮汐《ちようせき》や地震伝播の状況から推定さるる弾性分布などがわずかにやや信ずべき条項を与えているに過ぎない。かくのごとく直接観測し得らるべき与件の僅少な問題にたいしては種々の学説や仮説が可能であり、また必要でもある。ウェーゲナーの大陸漂移説[*2]や、最近ジョリー[*3]の提出した、放射能性物質の熱によって地質学的輪廻《りんね》変化を説明する仮説のごときも、あながち単なる科学的ロマンスとして捨つべきものでないと思われる。今回地震の起因のごときも、これを前記の定説や仮説に照らして考究するは無用の業ではない。これによって少なくも有益な暗示を得、また将来研究すべき事項に想い到るべき手懸りを得るのではあるまいか。

地震だけを調べるのでは、地震の本体は分りそうもない。

四　地震の予報

地震の予報は可能であるかという問題がしばしば提出される。これに対する答は「予報」という言葉の解釈次第でどうでもなる。もし星学者が日蝕を予報すると同じような決定《デターミニスティク》的な意味でいうなら、私は不可能と答えたい。しかし例えば医師が重病患者の死期を予報するような意味においてならばあるいは将来可能であろうと思う。しかし現在の地震学の状態ではそれほどの予報すらも困難であると私は考えている。現在でやや可能と思われるのは統計的の意味における予報である。例えば地球上のある区域内に向う何年の間に約何回内外の地震がありそうであるというような事は、適当な材料を基礎として云っても差支えはないかもしれない。しかし方数十里の地域に起るべき大地震の期日を数年範囲の間に限定して予知し得るだけの科学的根拠が得られるか否かについては私は根本的の疑いを懐《いだ》いているものである。

しかしこの事についてはかつて『現代之科学』誌上で詳しく論じた事があるから、今更にそれを繰返そうとは思わない。ただ自然現象中には決定的と統計的と二種類の区別がある事に注意を促したい。この二つのものの区別はかなりに本質的なものである。ポアンカレーの言葉[*4]を借りて云わば、前者は源因の微分的変化に対して結果の変化がまた微分的である場合に当り、後者は源因の微分的差違が結果に有限の差を生ずる場合である。

一本の麻縄に漸次に徐々に強力を加えて行く時にその張力が増すに従って、その切断の期待率は増加する。しかしその切断の時間を「精密に」予報する事は六《むつ》かしい、いわんやその場処を予報する事は更に困難である。

地震の場合は必ずしもこれと類型的ではないが、問題が統計的である事だけは共通である。のみならず麻糸の場合よりはすべての事柄が更に複雑である事は云うまでもない。

由来物理学者はデターミニストであった。従ってすべての現象を決定的に予報しようと努力して来た。しかし多分子的《マルティモレキュラー》現象に遭遇して止むを得ず統計的の理論を導入した。統計的現象の存在は永久的の事実である。

決定的あるいは統計的の予報が可能であるとした場合に、その効果如何という事は別問題である。今ここにこのデリケートな問題を論じる事は困難であり、また論じようと思わない。

要は、予報の問題とは独立に、地球の災害を予防する事にある。想うに、少なくもある地質学的時代においては、起り得べき地震の強さには自ずからな最大限が存在するだろう。これは地殻そのものの構造から期待すべき根拠がある。そうだとすれば、この最大限の地震に対して安全なるべき施設をさえしておけば地震というものはあっても恐ろしいものではなくなるはずである。

そういう設備の可能性は、少なくも予報の可能性よりは大きいように私には思われる。ただもし、百年に一回あるかなしの非常の場合に備えるために、特別の大きな施設を平時に用意するという事が、寿命の短い個人や為政者にとって無意味だと云う人があらば、それはまた全く別の問題になる。そしてこれは実に容易ならぬ問題である。この問題に対する国民や為政者の態度はまたその国家の将来を決定するすべての重大なる問題に対するその態度を覗《うかが》わしむる目標である。

（大正十三年五月「大正大震火災誌」）

流言蜚語

長い管の中へ、水素と酸素とを適当な割合に混合したものを入れておく、そうしてその管の一端に近いところで、小さな電気の火花を瓦斯《ガス》の中で飛ばせる、するとその火花のところで始まった燃焼が、次へ次へと伝播《でんぱ》して行く、伝播の速度が急激に増加し、遂にいわゆる爆発の波となって、驚くべき速度で進行して行く。これはよく知られた事である。ところが水素の混合の割合があまり少な過ぎるか、あるいは多過ぎると、たとえ火花を飛ばせても燃焼が起らない。尤《もっと》も火花のすぐそばでは、火花のために化学作用が起るが、そういう作用が、四方へ伝播しないで、そこ限りですんでしまう。

流言蜚語《ひご》の伝播の状況には、前記の燃焼の伝播の状況と、形式の上から見て幾分か類似した点がある。

最初の火花に相当する流言の「源」がなければ、流言蜚語は成立しない事は勿論であるが、もしもそれを次へ次へと受け次ぎ取り次ぐべき媒質が存在しなければ「伝播」は起らない。従っていわゆる流言が流言として成立し得ないで、その場限りに立ち消えになってしまう事も明白である。

それで、もし、ある機会に、東京市中に、ある流言蜚語の現象が行われたとすれば、その責任の少なくも半分は市民自身が負わなければならない。事によるとその九割以上も負わなければならないかもしれない。何とならば、ある特別な機会には、流言の源となり得べき小さな火花が、故意にも偶然にも到る処に発生するという事は、ほとんど必然な、不可抗的な自然現象であるとも考えられるから。そしてそういう場合にもし市民自身が伝播の媒質とならなければ流言は決して有効に成立し得ないのだから。

「今夜の三時に大地震がある」という流言を発したものがあったと仮定する。もしもその町内の親爺株《おやじかぶ》の人の例えば三割でもが、そんな精密な地震予知の不可能だという現在の事実を確実に知っていたなら、そのような流言の卵は孵化《かえ》らないで腐ってしまうだろう。これに反して、もしそういう流言が、有効に伝播したとしたら、どうだろう。それは、このような明白な事実を確実に知っている人が如何に少数であるかという事を示す証拠と見られても仕方がない。

大地震、大火事の最中に、暴徒が起って東京中の井戸に毒薬を投じ、主要な建物に爆弾を投じつつあるという流言*が放たれたとする。その場合に、市民の大多数が、仮りに次のような事を考えてみたとしたら、どうだろう。

例えば市中の井戸の一割に毒薬を投ずると仮定する。そうして、その井戸水を一人の人間が一度飲んだ時に、その人を殺すか、ひどい目に逢わせるに充分なだけの濃度にその毒薬を混ずるとする。そうした時に果してどれだけの分量の毒薬を要するだろうか。この問題に的確に答えるためには、勿論まず毒薬の種類を仮定した上で、その極量《きよくりよう》を推定し、また一人が一日に飲む水の量や、井戸水の平均全量や、市中の井戸の総数や、そういうものの概略な数値を知らなければならない。しかし、いわゆる科学的常識というものからくる漠然とした概念的の推算をしてみただけでも、それが如何に多大な分量を要するだろうかという想像ぐらいはつくだろうと思われる。いずれにしても、暴徒は、地震前からかなり大きな毒薬のストックをもっていたと考えなければならない。そういう事は有り得ない事ではないかもしれないが、少しおかしい事である。

仮りにそれだけの用意があったと仮定したところで、それからさきがなかなか大変である。何百人、あるいは何千人の暴徒に一々部署を定めて、毒薬を渡して、各方面に派遣しなければならない。これがなかなか時間を要する仕事である。さてそれが出来たとする。そうして一人一人に授けられた缶を背負って出掛けた上で、自分の受持方面の井戸の在所《ありか》を捜して歩かなければならない。井戸を見付けて、それから人の見ない機会をねらって、いよいよ投下する。しかし有効にやるためにはおおよその井戸水の分量を見積ってその上で投入の分量を加減しなければならない。そうして、それを投入した上で、よく溶解し混和するようにかき交ぜなければならない。考えてみるとこれはなかなか大変な仕事である。

こんな事を考えてみれば、毒薬の流言を、全然信じないとまでは行かなくとも、少なくも銘々の自宅の井戸についての恐ろしさはいくらか減じはしないだろうか。

爆弾の話にしても同様である。市中の目ぼしい建物に片ッぱしから投げ込んであるくために必要な爆弾の数量や人手を考えてみたら、少なくも山の手の貧しい屋敷町の人々の軒並に破裂しでもするような過度の恐慌を惹き起さなくてもすむ事である。

尤も、非常な天災などの場合にそんな気楽な胸算用などをやる余裕があるものではないといわれるかもしれない。それはそうかもしれない。そうだとすれば、それはその市民に、本当の意味での活きた科学的常識が欠乏しているという事を示すものではあるまいか。

科学的常識というのは、何も、天王星の距離を暗記していたり、ヴィタミンの色々な種類を心得ていたりするだけではないだろうと思う。もう少し手近なところに活きて働くべき、判断の標準になるべきものでなければなるまいと思う。

勿論、常識の判断はあてにはならない事が多い。科学的常識は猶更《なおさら》である。しかし適当な科学的常識は、事に臨んで吾々に「科学的な省察《せいさつ》の機会と余裕」を与える。そういう省察の行われるところにはいわゆる流言蜚語のごときものは著しくその熱度と伝播能力を弱められなければならない。たとえ省察の結果が誤っていて、そのために流言が実現されるような事があっても、少なくも文化的市民としての甚だしい恥辱を曝《さら》す事なくて済みはしないかと思われるのである。

（大正十三年九月一日「東京日日新聞」）

時事雑感

煙突男

　ある紡績会社の労働争議に、若い肺病の男が工場の大煙突の頂上に登って赤旗を翻《ひるがえ》し演説をしたのみならず、頂上に百何十時間居据《いす》わって何と云っても下りなかった。だんだん見物人が多くなって、わざわざ遠方から汽車で見物に来る人さえ出来たので、おしまいにはそれを相手の屋台店が出たりした。これに関する新聞記事は折からの陸軍大演習のそれと相交錯して天下の耳目をそばだたせた。宗教も道徳も哲学も科学も法律もみんなただ茫然と口をあいてこの煙突の空の一個の人影を眺めるのであった。

　争議が解決して煙突男が[*1]再び地上に下りた翌日の朝私はいつも行くある研究所へ行った。ちょうど若い軍人達が大勢で見学に来ていたが、四階屋上の露台から下を見下ろしている同僚の一群を下の連中が見上げながら大声で何かからかっている。「おおい、もう争議は解決したぞ、下りろ下りろ」というのが聞こえた。その後ある大学の運動会では余興の作りものの中にやはりこの煙突男のおどけた人形が喝采を博した。

こうしてこの肺病の一労働青年は日本中の人気男となり、その波動はまたおそらく世界中の新聞に伝わったのであろう。

この男のした事が何故これほどに人の心を動かしたかと考えてみた。新聞というものの勢力のせいもあるが、一つにはその所業がかなり独創的であって相手の伝統的対策を少なくも一時戸迷《とまど》いをさせた、そのオリジナリティに対する讃美に似たあるものと、もう一つには、その独創的計画をどこまでも遂行《すいこう》しようという耐久力の強さ、しかも病弱の体軀を寒い上空の風雨に曝《さら》し、おまけに渦巻く煤煙の余波に咽《むせ》びながら、饑渇《きかつ》や甘言の誘惑と戦っておしまいまで決意を翻さなかったその強さに対する歎賞に似たあるものとが、自《おの》ずから多くの人の心に共通に感ぜられたからであろうと思われる。しかし一方ではまた彼が不治の病気を自覚して死所を求めていたに過ぎないのだと云い、あるいは一種の気狂いの所業だとして簡単に解釈を付け、そうしてこの所業の価値を安く踏もうとする人もあるであろう。そういう見方にも半面の真理はあるかもしれない。そういう批判などはどうでもいいが、私はこの煙突男の新聞記事を読みながら、ふと「これが紡績会社の労働者でなくて、自分の研究室の一員であったとしたら」と考えてみた。ともかくも誰の真似でもない、そうして甚《はなは》だ合目的なこの一つの所行を、自分の頭で考えついて、そうしてあらゆる困難と戦ってそれをおしまいまで遂行することの出来る人間が、もし充分な素養と資料とを与えられて、そうして自由にある専門の科学研究に従事することが出来たら、どんな立派な仕事が出来るかもしれないという気がした。勿論《もちろん》ちょっとそういう気がしただけである。日本人には独創力がないという。また耐久力がないという。これは如何《いか》なる程度までの統計的事実であるかが分りかねる。しかし少なくとも学術研究の方面で従来この二つのものがあまり尊重されなかったことだけは疑いもない事実である。従来誰もあまり問題にしなかったような題目をつかまえ、あるいは従来行われなかった毛色の変った研究方法を遂行しようとするものは、大抵《たいてい》誰からも相手にされないか、蔭であるいはまともに馬鹿にされるか、あるいは正面の壇上から叱られるにきまっている。そうしてそれに構わずいつまでもそれに執着していればおしまいには気狂い扱いにされ、その暗示に負けて本当の気狂いになるか、あるいはどこからかの権威の力で差しとめを喰い、手も足も出なくなってしまうという事になっているようである。尤も多くの場合にこのような独創力と耐久力を併有しているような種類の人間は、同時にその性状が奇矯《ききょう》で頑強である場合が多いから、学者と云っても同じく人間であるところの同学や先輩の感情を害することが多いという事実も争われないのである。そういう風変りな学者の逆境に沈むのは誠に止《や》むを得ないことかもしれない。そうして、またそういう独創的な仕事の常として「疵《きず》だらけの玉」といったようなものが多いから、アカデミックな立場から批評してその疵だけを指摘すればこれを葬り去るのは赤子の手を捻《ね》じ上げるよりも容易である。そうして磨けば輝くべき天下の美玉が塵塚に埋められるのである。これも人間的自然現象の一つでどうにもならないかもしれない。しかしそういう場合に、もし感情は感情として、本当の学問のために冷静な判断を下し、泥土に汚れた玉を認めることが出来たら、世界の、あるいは我邦《わがくに》の学問ももう少しどうにかなるかもしれない。

日本人の仕事は、それがある適当な条件を具えたパッスを持つものでない限り容易には海外の学界に認められにくい。そうして一度海外で認められて逆輸入されるまではなかなか日本の学界では認められないことになっている。海外の学界でもやはり国際的封建的の感情があり、また色々な学閥があるので、殊《こと》に東洋人の独自の研究などはなかなか眼をつけないのであるが、しかしたとえ東洋人のでもそれが本当にいいものでさえあれば、遂《つい》にはそれを認めるということにならない程に世界の学界は盲目ではないから、認められなくとも不平など起さないで、機嫌よく根気よく研究をつづけて行けば結局は立派なものになり得るであろう。多くの人からあんなつまらないことと云われるような事柄でも深く深く研究して行けば、案外非常に重大で有益な結果が掘出され得るものである。自然界は古いも新しいもなく、つまらぬものもつまるものもないのであって、それを研究する人の考えと方法が新しいか古いかなどが問題になるのである。最新型の器械を使って、最近流行の問題を、流行の方法で研究するのが果して新しいのか、古い問題を古い器械を使って、しかし新しい独自の見地から伝統を離れた方法で追究するのが果して古いか分らないのである。

今年物理学上の功績によってノーベル賞を貰ったインド人ラマン[*2]の経歴については自分はあまり確かな事を知らないが、人の話によると、インドの大学を卒業してから衣食のために銀行員の下っぱかなんかを勤めながら、楽しみにケンブリッジのマセマチカル・トライポス[*3]の問題などを解いて英国の学者に見てもらったりしていた。そんな事から見出されてカルカッタ大学の一員になったのが踏出しだそうである。始めのうちは振動の問題や海の色の問題や、ともかくも見たところあまり尖端的でない、新しがり屋に云わせれば、いわゆる古色蒼然たる問題を、自分だけは面白そうにこつこつとやっていた。しかし彼の古いティンダル効果[*4]の研究はいつの間にか現在物理学の前線へ向かって密かに搦手《からめて》から近付きつつあった。研究資金にあまり恵まれなかった彼は「分光器[*5]が一つあるといいがなあ」と歎息していた。そうして、やっと分光器が手に入って実験を始めると間もなく一つの「発見」を拾い上げた。それは今日彼の名によって「ラマン効果」と呼ばれるものである。田舎から出て来たばかりの田吾作《たごさく》が一躍して帝都の檜舞台《ひのきぶたい》の立役者になったようなものである。そうして物理学者としての最高の栄冠が自然にこの東洋学者の頭上を飾ることになってしまった。想うにこの人もやはり少し変った人である。多数の人の血眼《ちまなこ》になっていきせき追っかけるいわゆる尖端的前線などは、てんで構わないような顔をして呑気《のんき》そうに骨董《こっとう》いじりをしているように見えていた。そうして思いもかけぬ間道《かんどう》を先くぐりして突然前哨《ぜんしょう》の面前に顔を突出して笑っているようなところがある。

尤も、ラマンの真似をするつもりで、同じように古臭い問題ばかりこつこつと研究をしていれば、遂にはラマンと同じように新しい発見に到達するかといえば、そういう訳には行かない。これも確かである。ただたまにはラマンのような例もあるから、吾々《われわれ》はそういう毛色の変った学者達も気永い眼で守《も》り立てたいと思うのである。

この世界的物理学者の話と、川崎の煙突男の話とには何ら直接の関係はない。前者は賞を貰ったが、後者は家宅侵入罪その他で告発されるという話である。これは大変な相違である。ただ二人の似ているのは人真似でないということと、根気のいいという点だけである。

それでもし煙突男の所業の真似をしたら、その真似という事自身が人の真似をしない煙突男の真似ではなくなるということになる。のみならず、昔噺《むかしばなし》の真似爺と同様によほどひどい目に合うのが落ちであろう。

オリジナリティの無いと称せらるる国の昔噺に人真似を警《いまし》める説話の多いのも興味のあることである。

それから、また労働争議という甚だオリジナルでない運動の中からこういう個性的にオリジナルなものが出現して喝采を博したのもまた一つの不思議な現象と云わなければならない。

金曜日

総理大臣が乱暴な若者に狙撃された。[*6] それが金曜日であった。前にある首相が同じ駅で刺されたの[*7]が金曜日、その以前に某が殺されたのも金曜日であった。不思議な暗合であるというような話がもてはやされたようである。実際そう云われれば誰でもちょっと不思議な気がしない訳には行かないであろう。

ある特定の事柄が三回相互に無関係に起るとする。そうしてそのおのおのが七曜日のいずれに起る確率も均等であると仮定すれば、三度続けて金曜日に起るという確率は七分の一の三乗すなわち三百四十三分の一である。しかしこれはまた、木曜が三度来る確率とも同じであり、また任意の他の組合せ例えば、「木金土」、「月水金」……となるのとも同じである。しかしもしこれが例えば木金土という組合せで起ったとしたら、誰も不思議とも何とも思わないであろう。それだのに、同じ珍しさの「金金金」を人は何故不思議がるであろうか。

三百四十三の場合の中で「同じ」名前の三つ続く場合は七種、これに対して「三つとも同じではない」場合が三百三十六種、従って二つの場合の種別数の比は一対四十八である。

人々の不思議はこの対比から来ることは明らかである。

三つ同じという場合だけを特に取出して一方に祭り上げ、同じでないというのを十把一《じっぱひ》とからげに安く踏んで同じ処へ押し込んでしまうということは、抽象的な立場からは無意味であるにかかわらず人間的な立場からは色々の深い意味があるように思われる。これを少し突込んで考えて行くとずいぶん重大な問題に触れて来るようである。しかし今それをここで取扱おうというのではない。

現在の「金曜三つ」の場合でも、人々は通例同様の事件でしかも金曜以外の日に起ったのは、はじめから捨ててしまって問題にしないのである。そうして金曜に起ったのだけを拾い出して並べて不思議がるのが通例である。この点が科学者の眼で見た時に少し可笑《おか》しく思われるのである。今度の場合が偶然ノトリアスに有名[*8]な「金曜」すなわち耶蘇《ヤソ》の「金曜」[*9]であったので、それで、「曜」が問題になり、前の首相の場合を当ってみると、それが丁度また金曜であった。そうして過去の中からもう一つの「金曜」が拾い出されたというのが、実際の過程であろう。

これと似通っていて、しかも本質的にだいぶ違う「金曜日」の例が一つある。

私は過去十何年の間、ほとんど毎週のように金曜日には、深川の某研究所[*10]に通《かよ》って来た。電車がずいぶん長くかかるのに、電車を下りてからの道がかなりあって、しかもそれがあまり感じのよくない道路である。それで特に雨の降る日などは、この金曜日が一倍苦になるのであった。ところが妙なことには、どうかして金曜日に雨のふるまわりが来ると、来る週も来る週も金曜日というと雨が降る。前日まではいい天気だと思うていると、金曜の朝はもう降っているか、さもなくば行きには晴れであったのが帰りが雨になる。こういうことをしばしば感じるのである。そうかと思うとまた天気のいい金曜が続き出すとそれが幾週となく継続することもあるように思われた。勿論他の週日に降る降らぬは全く度外視しての話である。

これもやはり、他の多くの場合と同様に自分の注目し期待する特定の場合の記憶だけが蓄積され、これに中《あた》らない場合は全然忘れられるかあるいは採点を低くして値踏みされるためかもしれない。しかし必ずしもそういう心理的の事実のみではなくて、実際に科学的な説明が幾分か付け得られるかもしれない。それは気圧変化にほぼ一週間に近い週期あるいは擬似的週期の現われることがしばしばあるからである。

朝鮮で三寒四温という言葉があるそうで、これは正《まさ》に七日の週期を暗示する。自分が先年、東京における冬季の日々の気圧を曲線にして見たときに著しい七日くらいの週期を見たことがある。これについては既に専門家の真面目な研究もあるようであるから、時々同じ週日に同じ天気が廻って来ても、これはそれほど不思議ではない訳である。

深川の研究所が市の西郊に移転した。この新築へ初めて出かけた金曜日が雨、それから四週間か五週間つづけて金曜は天気が悪かった。耶蘇の祟りが千九百三十年後の東洋の田舎まで追究しているのかと冗談を云ったりした。ところがやっと天気のいい金曜の廻りがやって来て、それから数週間はずっとつづいた。そうしたある美しい金曜日の昼食時に美しい日光のさした二階食堂でその朝突発した首相遭難のことを聞き知った。それからもいまだに好晴の金曜がつづいている。昼食後に研究所の屋上へ上がって武蔵野の秋を眺めながら、それにしてももう一遍金曜日の不思議をよく考え直してみなければならぬと思うのである。

地震国防

伊豆地方が強震に襲われた。[*11] 四日目に日帰りで三島町まで見学に出かけた。三島駅で下りて見たが瓦《かわら》が少し落ちた家があるくらいで大した損害はないように見えた。平和な小春日が長閑《のどか》に野を照らしていた。三島町へはいっても一向《いっこう》強震のあったらしい様子がないので不審に思っていると突然に倒潰《とうかい》家屋の一群にぶつかってなるほどと合点《がてん》が行った。町の地図を三十銭で買って赤青の鉛筆で倒れ屋と安全な家との分布をしるして歩いてみた。巌丈《がんじょう》そうな家がくちゃくちゃにつぶれている隣に元来のぼろ家が平気でいたりする。そうかと思うとぼろ家が潰《つぶ》れて丈夫そうな家がちゃんとしているという当然すぎるような例もある。潰家《つぶれや》は大体蛇のようにうねった線上にあたる区域に限られているように見えた。

地震の割れ目か、昔の河床か、もっとよく調べてみなければ確かな事は分らない。線にあたった人は不仕合せという外はない。科学も今のところそれ以上の説明は出来ない。震央《しんおう》に近い町村の被害はなかなか三島の比ではないらしい。災害地の人々を思うときに明日は誰が身の上ということに考え及ばないではいられない。

軍縮問題が[*12]一時国内の耳目を聳動《しょうどう》した。問題は一に国防の充実如何にかかっている。陸海軍当局者が仮想敵国の襲来を予想して憂慮するのも尤《もっと》もな事である。これと同じように平生地震というものの災害を調べているものの眼から見ると、この恐るべき強敵に対する国防のあまりに手薄過ぎるのが心配にならない訳には行かない。戦争の方は会議で幾らか延期されるかもしれないが、地震とは相談が出来ない。

大正十二年の大震災は帝都と関東地方に限られていた。今度のは箱根から伊豆へかけての一帯の地に限られている。いつでもこの程度ですむかというとそうは限らないようである。安政元年十一月四日五日六日にわたる地震[*13]には東海、東山、北陸、山陽、山陰、南海、西海諸道ことごとく震動し、災害地帯はあるいは続きあるいは断えてはまた続いてこれらの諸道に分布し、到る処の沿岸には恐ろしい津波が押し寄せ、震水火による死者三千数百、家屋の損失数万をもって数えられた。これとよく似たのが宝永四年[*14]にもあった。こういう大規模の大地震に比べると先年の関東地震などはむしろ局部的なものとも云える。今後いつかまたこの大規模地震が来たとする。そうして東京、横浜、沼津、静岡、浜松、名古屋、京都、大阪、神戸、岡山、広島から福岡辺まで一度に襲われたら、その時は一体我が日本の国はどういうことになるであろう。そういうことがないとは何人も保証出来ない。宝永安政の昔ならば各地の被害は各地それぞれの被害であったが次の場合にはそうは行かないことは明らかである。昔の日本は珊瑚《さんご》かポリポ水母《くらげ》*15のような群生体で、半分死んでも半分は生きていられた。今の日本は有機的の個体である。三分の一死んでも全体が死ぬであろう。

この恐ろしい強敵に備える軍備はどれだけあるか。政府がこれに対してどれだけの予算を組んでいるかと人に聞いてみてもよく分らない。ただ極めて少数な学者達が熱心に地震の現象とその生因並びにこれによる災害防止の研究に従事している。そうして実に僅少な研究費を与えられて、それで驚くべき能率を上げているようである。おそらくは戦闘艦の巨砲の一発の価、陸軍兵員の一日分の沢庵《たくあん》の代金にも足りないくらいの金を使って懸命に研究し、そうして世界的に立派な結果を出しているようである。そうして世間の人は勿論、政府の御役人達もそれについては何にも知らない。

今度の伊豆地震など、地震現象の機構の根本的な研究に最も有用な資料を多分に供給するものであろうが、学者の熱心が如何に強くても研究資金が乏しいため、思う研究の万分の一も出来ないであろうから、おそらくこの貴重な機会はまたいつものように大部分利用されずに逃げてしまうであろう。

蟻《あり》の巣を突き崩すと大騒ぎが始まる。しばらくすると復興事業が始まって、いつの間にかもとのように立派な都市ができる。もう一遍突き崩してもまた同様である。蟻にはそうするより外に道がないであろう。

人間も何度同じ災害に遭っても決して利口にならぬものであることは歴史が証明する。東京市民と江戸町人と比べると、少なくも火事に対してはむしろ今の方がだいぶ退歩している。そうして昔と同等以上の愚を繰り返しているのである。

昔の為政者の中には真面目に百年後の事を心配したものもあったようである。そういう時代に、もし地震学が現在の程度くらいまで進んでいたとしたらその子孫たる現在の吾々は地震に対してもう少し安全であったろう。今の世で百年後の心配をするものがあるとしたらおそらくそれは地震学者くらいのものであろう。国民自身も今のようなスピード時代では到底百年後の子孫の安否まで考える暇がなさそうである。しかしそのいわゆる「百年後」の期限が「いつからの百年」であるか、事によるともう三年二年一年あるいは数日数時間の後にその「百年目」が迫っていないとは誰が保証出来るであろう。

昔支那に妙な苦労性の男がいて[*16]、天が落ちて来ると云ってたいそう心配し、とうとう神経衰弱になったとかいう話を聞いた。この話は事によると丁度自分のような人間の悪口をいうために作られたかもしれない。この話をして笑う人の真意は、天が落ちないというのではなくて、天は落ちるかもしれないが、しかし「いつ」かが分らないからというのであろう。

三島の町を歩いていたら、向うから兵隊さんが二、三人やって来た。今始めてこの町へはいって来てそうして始めて潰家のある地帯にさしかかったところであった。その中の一人が「面白いな。ウム、こりゃあ面白いな」と云ってしきりに感心していた。この「面白いな」というのは決して悪意に解釈してはならないと思った。この「面白いな」が数千年の間に吾等の祖先が受けて来た試煉の総勘定であるかもしれない。そのおかげで帝都の復興が立派に出来て、そうして七年後の今日における円タクの洪水、ジャズ、レヴューの嵐が起ったのかもしれない。

三島の町の復旧工事の早いのにも驚いた。この様子では半月もたった後に来て見たらもう災害の痕跡は綺麗に消えているのではないかという気もした。もっと南の方の損害のひどかった町村ではおそらくそう急には回復が六《むつ》かしいであろうが。

三島神社の近くで大分ゆすぶられたらしい小さな支那料理店から強大な蓄音機演奏の音波の流れ出すのが聞こえた。レコードは浅草の盛り場の光景を描いた「音画」[*17]らしい、コルネット、クラリネットのジンタ音楽に交じって花屋敷を案内する声が陽気にきこえていた。警備の巡査、兵士、それから新聞社、保険会社、宗教団体などの慰問隊の自動車、それから、何の目的とも知れず流れ込むいろいろの人の行交《ゆきか》いを、美しい小春日が照らし出して何か御祭でもあるのかという気もするのであった。今度の地震では近い処の都市が幸いに無難であったので救護も比較的迅速に行届くであろう。しかしもしや宝永安政タイプの大規模地震が主要の大都市を一撫《ひとな》でに薙倒《なぎたお》す日が来たら吾等の愛する日本の国はどうなるか。小春の日光はおそらくこれ程うららかには国土蒼生《そうせい》[*18]を照らさないであろう。軍縮会議で十に対する六か七かが大問題であったのに、地震国防は事実上ゼロである。そうして為政者の間では誰もこれを問題にする人がない。戦争はしたくなければしなくても済むかもしれないが、地震はよしてくれと云っても待ってはくれない。地震学者だけが口を酸《す》っぱくして説いてみても、救世軍の太鼓ほどの反響もない。そうして恐ろしい最後の審判の日はじりじりと近づくのである。

帰りの汽車で夕日の富士を仰いだ。富士の噴火[*19]は近いところで一五一一、一五六〇、一七〇〇から八、最後に一七九二年にあった。今後いつまた活動を始めるか、それとももう永久に休息するか、神様にも分るまい。しかし十六世紀にも十八世紀にも活動したものが二十世紀の千九百何十年かにまた活動を始めないと保証し得る学者もないであろう。こんな事を考えながら、うとうとしているうちに日が暮れた。川崎駅を通るときにふと先日の「煙突男」を思い出した。そうしてあの男が十一月二十四日の午前四時[*20]までまだ煙突の上に留《とど》まっていて、そうしてあの地震に大きく揺られたのであったら、彼は下りたであろうか、下りなかったであろうか。そんなことも考えてみるのであった。

自分もどこかの煙突の上に登って地震国難来《こくなんきたる》を絶叫し地震研究資金のはした銭募集で

もしたいような気がするが、さて誰も到底相手にしてくれそうもない。政治家も実業家も民衆も十年後の日本の事でさえ問題にしてくれない。天下の畸人《きじん》で金を沢山《たくさん》持っていてそうして百年後の日本を思う人でも捜して歩く外はない。

汽車が東京へはいって高架線にかかると美しい光の海が眼下に浪立っている。七年前のすさまじい焼野原も「百年後」の恐ろしい破壊の荒野も知らず顔に、昭和五年の今日の夜の都を享楽しているのであった。

今月に入ってから防火演習や防空演習などが賑々しく行われる。結構な事であるが、火事よりも空軍よりも数百層倍恐ろしいはずの未来の全日本的地震、五、六大都市を一薙《ひとなぎ》にするかもしれない大規模地震に対する防備の予行演習をやるような噂はさっぱり聞かない。愚かなる吾等杞人《きじん》の後裔《こうえい》から見れば、密かに垣根《かきね》の外に忍び寄る虎や獅子の大群を忘れて油虫や鼠を追駆け廻し、はたきや擂子木《すりこぎ》を振り廻して空騒《からさわ》ぎをやっているような気がするかもしれない。これが杞人の憂い*21である。

（昭和六年一月「中央公論」）

津浪と人間

昭和八年三月三日[*1]の早朝に、東北日本の太平洋岸に津浪が襲来して、沿岸の小都市村落を片端から薙《な》ぎ倒し洗い流し、そうして多数の人命と多額の財物を奪い去った。明治二十九年六月十五日[*2]の同地方に起ったいわゆる「三陸大津浪」とほぼ同様な自然現象が、約満三十七年後の今日再び繰返されたのである。

同じような現象は、歴史に残っているだけでも、過去において何遍となく繰返されている。歴史に記録されていないものがおそらくそれ以上に多数にあったであろうと思われる。現在の地震学上から判断される限り、同じ事は未来においても何度となく繰返されるであろうということである。

こんなに度々繰返される自然現象ならば、当該地方の住民は、とうの昔に何かしら相当な対策を考えてこれに備え、災害を未然に防ぐことが出来ていてもよさそうに思われる。これは、この際誰しもそう思うことであろうが、それが実際はなかなかそうならないというのがこの人間界の人間的自然現象であるように見える。

学者の立場からは通例次のように云われるらしい。「この地方に数年あるいは数十年ごとに津浪の起るのは既定の事実である。それだのにこれに備うる事もせず、また強い地震の後には津浪の来る恐れがあるというくらいの見やすい道理もわきまえずに、うかうかしているというのはそもそも不用意千万なことである。」

しかしまた、罹災者《りさいしゃ》の側に云わせれば、また次のような申し分がある。「それほど分かっている事なら、何故津浪の前に間に合うように警告を与えてくれないのか。正確な時日に予報出来ないまでも、もうそろそろ危ないと思ったら、もう少し前にそう云ってくれてもいいではないか、今まで黙っていて、災害のあった後に急にそんなことを云うのはひどい。」

すると、学者の方では「それはもう十年も二十年も前にとうに警告を与えてあるのに、それに注意しないからいけない」という。するとまた、罹災民は「二十年も前のことなどこのせち辛い世の中でとても覚えてはいられない」という。これはどちらの云い分にも道理がある。つまり、これが人間界の「現象」なのである。

災害直後時を移さず政府各方面の官吏、各新聞記者、各方面の学者が駆付けて詳細な調査をする。そうして周到な津浪災害予防案が考究され、発表され、その実行が奨励されるであろう。

さて、それから更に三十七年経ったとする。その時には、今度の津浪を調べた役人、学者、新聞記者は大抵もう故人となっているか、さもなくとも世間からは隠退している。そうして、今回の津浪の時に働き盛り分別盛りであった当該地方の人々も同様である。そうして災害当時まだ物心のつくか付かぬであった人達が、その今から三十七年後の地方の中堅人士となっているのである。三十七年と云えば大して長くも聞こえないが、日数にすれば一万三千五百五日である。その間に朝日夕日は一万三千五百五回ずつ平和な浜辺の平均水準線に近い波打際を照らすのである。津浪に懲《こ》りて、はじめは高い処だけに住居を移していても、五年たち、十年たち、十五年二十年とたつ間には、やはりいつともなく低い処を求めて人口は移って行くであろう。そうして運命の一万数千日の終りの日が忍びやかに近づくのである。鉄砲の音に驚いて立った海猫が、いつの間にかまた寄って来るのと本質的の区別はないのである。

これが、二年、三年、あるいは五年に一回はきっと十数メートルの高波が襲って来るのであったら、津浪はもう天変でも地異でもなくなるであろう。

風雪というものを知らない国があったとする、年中気温が摂氏二十五度を下がる事がなかったとする。それがおおよそ百年に一遍くらいちょっとした吹雪《ふぶき》があったとすると、それはその国には非常な天災であって、この災害はおそらく我邦の津浪に劣らぬものとなるであろう。何故かと云えば、風のない国の家屋は大抵少しの風にも吹き飛ばされるように出来ているであろうし、冬の用意のない国の人は、雪が降れば凍《こご》えるに相違ないからである。それほど極端な場合を考えなくてもよい。いわゆる颱風《たいふう》なるものが三十年五十年、すなわち日本家屋の保存期限と同じ程度の年数をへだてて襲来するのだったら結果は同様であろう。

夜というものが二十四時間ごとに繰返されるからよいが、約五十年に一度、しかも不定期に突然に夜が廻り合せてくるのであったら、その時に如何なる事柄が起るであろうか。おそらく名状の出来ない混乱が生じるであろう。そうしてやはり人命財産の著しい損失が起らないとは限らない。

さて、個人が頼りにならないとすれば、政府の法令によって永久的の対策を設けることは出来ないものかと考えてみる。ところが、国は永続しても政府の役人は百年の後には必ず入れ代わっている。役人が代わる間には法令も時々は代わる恐れがある。その法令が、無事な一万何千日間の生活に甚だ不便なものである場合は猶更《なおさら》そうである。政党内閣などというものの世の中だと猶更そうである。

災害記念碑を立てて永久的警告を残してはどうかという説もあるであろう。しかし、はじめは人目に付きやすい処に立ててあるのが、道路改修、市区改正等の行われる度にあちらこちらと移されて、おしまいにはどこの山蔭の竹藪の中に埋もれないとも限らない。そういう時に若干の老人が昔の例を引いてやかましく云っても、例えば「市会議員」などというようなものは、そんなことは相手にしないであろう。そうしてその碑石が八重葎《やえむぐら》に埋もれた頃に、時分はよしと次の津浪がそろそろ準備されるであろう。

昔の日本人は子孫のことを多少でも考えない人は少なかったようである。それは実際いくらか考えばえがする世の中であったからかもしれない。それでこそ例えば津浪を戒める碑を建てておいても相当な利き目があったのであるが、これから先の日本ではそれがどうであるか甚だ心細いような気がする。二千年来伝わった日本人の魂でさえも、打砕いて夷《い》狄《てき》の犬に喰わせようという人も少なくない世の中である。一代前の云い置きなどを歯牙《しが》にかける人はありそうもない。

しかし困ったことには「自然」は過去の習慣に忠実である。地震や津浪は新思想の流行などには委細かまわず、頑固に、保守的に執念深くやって来るのである。紀元前二十世紀にあったことが紀元二十世紀にも全く同じように行われるのである。科学の方則とは畢《ひっ》竟《きょう》「自然の記憶の覚え書き」である。自然ほど伝統に忠実なものはないのである。

それだからこそ、二十世紀の文明という空虚な名をたのんで、安政の昔の経験を馬鹿にした東京は大正十二年の地震で焼払われたのである。

こういう災害を防ぐには、人間の寿命を十倍か百倍に延ばすか、ただしは地震津浪の週期を十分の一か百分の一に縮めるかすればよい。そうすれば災害はもはや災害でなく五風十雨の亜類となってしまうであろう。しかしそれが出来ない相談であるとすれば、残る唯一の方法は人間がもう少し過去の記録を忘れないように努力するより外はないであろう。

科学が今日のように発達したのは過去の伝統の基礎の上に時代時代の経験を丹念に克明に築き上げた結果である。それだからこそ、颱風が吹いても地震が揺《ゆす》ってもびくとも動かぬ殿堂が出来たのである。二千年の歴史によって代表された経験的基礎を無視して他所《よそ》から借り集めた風土に合わぬ材料で建てた仮小屋のような新しい哲学などはよくよく吟味しないと甚だ危ないものである。それにもかかわらず、うかうかとそういうものに頼って脚下の安全なものを棄てようとする、それと同じ心理が、正しく地震や津浪の災害を招致する、というよりはむしろ、地震や津浪から災害を製造する原動力になるのである。

津浪の恐れのあるのは三陸沿岸だけとは限らない、宝永安政の場合のように、太平洋沿岸の各地を襲うような大がかりなものが、いつかはまた繰返されるであろう。その時にはまた日本の多くの大都市が大規模な地震の活動によって将棋倒しに倒される「非常時」が到来するはずである。それはいつだかは分からないが、来ることは来るというだけは確かである。今からその時に備えるのが、何よりも肝要である。

それだから、今度の三陸の津浪は、日本全国民にとっても人ごとではないのである。

しかし、少数の学者や自分のような苦労症の人間がいくら骨を折って警告を与えてみたところで、国民一般も政府の当局者も決して問題にはしない、というのが、一つの事実であり、これが人間界の自然方則であるように見える。自然の方則は人間の力では枉《ま》げられない。この点では人間も昆虫も全く同じ境界《きようがい》にある。それで吾々も昆虫と同様明日の事など心配せずに、その日その日を享楽して行って、一朝天災に襲われれば綺麗にあきらめる。そうして滅亡するか復興するかはただその時の偶然の運命に任せるということにする外はないという棄《す》て鉢《ばち》の哲学も可能である。

しかし、昆虫はおそらく明日に関する知識はもっていないであろうと思われるのに、人間の科学は人間に未来の知識を授ける。この点はたしかに人間と昆虫とでちがうようである。それで日本国民のこれら災害に関する科学知識の水準をずっと高めることが出来れば、その時にはじめて天災の予防が可能になるであろうと思われる。この水準を高めるには何よりも先ず、普通教育で、もっと立入った地震津浪の知識を授ける必要がある。英独仏などの科学国の普通教育の教材にはそんなものはないと云う人があるかもしれないが、それは彼地には大地震大津浪が稀なためである。熱帯の住民が裸体《はだか》で暮しているからと云って寒い国の人がその真似をする謂《い》われはないのである。それで日本のような、世界的に有名な地震国の小学校では少なくも毎年一回ずつ一時間や二時間くらい地震津浪に関する特別講演があっても決して不思議はないであろうと思われる。地震津浪の災害を予防するのはやはり学校で教える「愛国」の精神の具体的な発現方法の中でも最も手近で最も有効なものの一つであろうと思われるのである。

（追記）三陸災害地を視察して帰った人の話を聞いた。ある地方では明治二十九年の災害記念碑を建てたが、それが今では二つに折れて倒れたままになってころがっており、碑文などは全く読めないそうである。またある地方では同様な碑を、山腹道路の傍で通行人の最もよく眼につく処に建てておいたが、その後新道が別に出来たために記念碑のある旧道は淋《さび》れてしまっているそうである。それからもう一つ意外な話は、地震があってから津浪の到着するまでに通例数十分かかるという平凡な科学的事実を知っている人が彼地方に非常に稀だということである。前の津浪に遭った人でも大抵そんなことは知らないそうである。

（昭和八年五月「鉄塔」）

天災と国防

「非常時」という何となく不気味なしかしはっきりした意味の分りにくい言葉が流行《はや》り出したのはいつ頃からであったか思い出せないが、ただ近来何かしら日本全国土の安寧を脅かす黒雲のようなものが遠い水平線の向う側からこっそり覗《のぞ》いているらしいという、云わば取止めのない悪夢のような不安の陰影が国民全体の意識の底層に揺曳《ようえい》していることは事実である。そうして、その不安の渦巻の廻転する中心点はと云えばやはり近き将来に期待される国際的折衝の難関であることは勿論である。

そういう不安を更に煽《あお》り立てでもするように、今年になってから色々の天変地異が踵《きびす》を次いで我国土を襲い、そうして夥《おびただ》しい人命と財産を奪ったように見える。あの恐ろしい函館の大火*1や近くは北陸地方の水害*2の記憶がまだ生ま生ましいうちに、更に九月二十一日の近畿地方大風水害*3が突発して、その損害は容易に評価の出来ないほど甚大なものであるように見える。国際的のいわゆる「非常時」は、少なくも現在においては、無形な実証のないものであるが、これらの天変地異の「非常時」は最も具象的な眼前の事実としてその惨状を暴露しているのである。

一家のうちでも、どうかすると、直接の因果関係の考えられないような色々な不幸が頻発することがある。すると人はきっと何かしら神秘的な因果応報の作用を想像して祈禱《きとう》や厄払《やくばら》いの他力《たりき》にすがろうとする。国土に災禍の続起する場合にも同様である。しかし統計に関する数理から考えてみると、一家なり一国なりにある年は災禍が重畳しまた他の年には全く無事な廻り合わせが来るということは、純粋な偶然の結果としても当然期待され得る「自然変異《ナチュラルフラクチユエーション》」の現象であって、別に必ずしも怪力乱神を語るには当らないであろうと思われる。悪い年廻りはむしろいつかは廻って来るのが自然の鉄則であると覚悟を定めて、良い年廻りの間に十分の用意をしておかなければならないということは実に明白過ぎるほど明白なことであるが、またこれほど万人が綺麗に忘れがちなことも稀である。尤《もつと》もこれを忘れているおかげで今日を楽しむことが出来るのだという人があるかもしれないのであるが、それは個人銘々の哲学に任せるとして、少なくも一国の為政の枢機に参与する人々だけは、この健忘症に対する診療を常々怠らないようにしてもらいたいと思う次第である。

日本はその地理的の位置が極めて特殊であるために国際的にも特殊な関係が生じ色々な仮想敵国に対する特殊な防備の必要を生じると同様に、気象学的地球物理学的にもまた極めて特殊な環境の支配を受けているために、その結果として特殊な天変地異に絶えず脅かされなければならない運命の下に置かれていることを一日も忘れてはならないはずである。

地震、津浪、颱風《たいふう》のごとき西欧文明諸国の多くの国々にも全然無いとは云われないまでも、頻繁に我邦《わがくに》のように劇甚《げきじん》な災禍を及ぼすことは甚だ稀であると云ってもよい。我邦のようにこういう災禍の頻繁であるということは一面から見れば我邦の国民性の上に良い影響を及ぼしていることも否定し難いことであって、数千年来の災禍の試煉によって日本国民特有の色々な国民性の優れた諸相が作り上げられたことも事実である。

しかしここで一つ考えなければならないことで、しかもいつも忘れられがちな重大な要項がある。それは、文明が進めば進むほど天然の暴威による災害がその劇烈の度を増すという事実である。

人類がまだ草昧《そうまい》の時代を脱しなかった頃、岩丈《がんじょう》な岩山の洞窟の中に住まっていたとすれば、大抵の地震や暴風でも平気であったろうし、これらの天変によって破壊さるべき何らの造営物をも持ち合わせなかったのである。もう少し文化が進んで小屋を作るようになっても、テントか掘立小屋のようなものであってみれば、地震には却って絶対安全であり、またたとえ風に飛ばされてしまっても復旧は甚だ容易である。とにかくこういう時代には、人間は極端に自然に従順であって、自然に逆らうような大それた企ては何もしなかったからよかったのである。

文明が進むに従って人間は次第に自然を征服しようとする野心を生じた。そうして、重力に逆らい、風圧水力に抗するような色々の造営物を作った。そうして天晴《あつぱ》れ自然の暴威を封じ込めたつもりになっていると、どうかした拍子に檻《おり》を破った猛獣の大群のように、自然が暴れ出して高楼を倒潰せしめ堤防を崩壊させて人命を危うくし財産を亡ぼす。その災禍を起させたもとの起りは天然に反抗する人間の細工であると云っても不当ではないはずである、災害の運動エネルギーとなるべき位置エネルギーを蓄積させ、いやが上にも災害を大きくするように努力しているものは誰あろう文明人そのものなのである。

もう一つ文明の進歩のために生じた対自然関係の著しい変化がある。それは人間の団体、なかんずくいわゆる国家あるいは国民と称するものの有機的結合が進化し、その内部機構の分化が著しく進展して来たために、その有機系のある一部の損害が系全体に対して甚だしく有害な影響を及ぼす可能性が多くなり、時には一小部分の傷害が全系統に致命的となり得る恐れがあるようになったということである。

単細胞動物のようなものでは個体を截断《せつだん》しても、各片が平気で生命を持続することが出来るし、もう少し高等なものでも、肢節《しせつ》を切断すれば、その痕跡から代りが芽を吹くという事もある。しかし高等動物になると、そういう融通《ゆうずう》が利かなくなって、針一本でも打ちどころ次第では生命を亡《うしな》うようになる。

先住アイヌが日本の大部に住んでいた頃に、例えば大正十二年の関東大震か、今度の九月二十一日のような颱風が襲来したと想像してみる。彼等の宗教的畏怖の念は吾々《われわれ》の想像以上に強烈であったであろうが、彼等の受けた物質的損害は些細なものであったに相違ない。前にも述べたように彼等の小屋にとっては弱震も烈震も効果において大した相違はないであろうし、毎秒二十メートルの風も毎秒六十メートルの風もやはり結果においてほぼ同等であったろうと想像される。そうして、野生の鳥獣が地震や風雨に堪えるようにこれら未開の民もまた年々歳々の天変を案外楽に凌いで種族を維持して来たに相違ない。そうして食物も衣服も住居も銘々が自身の労力によって獲得するのであるから、天災による損害は結局各個人銘々の損害であって、その回復もまた銘々の仕事であり、また銘々の力で回復し得られないような損害は始めからありようがないはずである。

文化が進むに従って個人が社会を作り、職業の分化が起って来ると事情は未開時代と全然変って来る。天災による個人の損害はもはやその個人だけの迷惑では済まなくなって来る。村の瀦水池《ちょすいち》や共同水車小屋が破壊されれば多数の村民は同時にその損害の余響を受けるであろう。

二十世紀の現代では日本全体が一つの高等な有機体である。各種の動力を運ぶ電線やパイプやが縦横に交叉し、色々な交通網が隙間もなく張り渡されている有様は高等動物の神経や血管と同様である。その神経や血管の一箇所に故障が起ればその影響はたちまち全体に波及するであろう。今度の暴風で畿内《きない》地方の電信が不通になったために、どれだけの不都合が全国に波及したかを考えてみればこの事は諒解されるであろう。

これほど大事な神経や血管であるから天然の設計に成る動物体内ではこれらの器官が実に巧妙な仕掛けで注意深く保護されているのであるが、一国の神経であり血管である送電線は野天に吹き曝《さら》しで風や雪がちょっとばかりつよく触れればすぐに切断するのである。市民の栄養を供給する水道はちょっとした地震で断絶するのである。尤も、送電線にしても工学者の計算によって相当な風圧を考慮し若干の安全係数をかけて設計してあるはずであるが、変化の烈しい風圧を静力学的に考え、しかもロビンソン風速計＊4で測った平均風速だけを目安にして勘定したりするようなアカデミックな方法によって作ったものでは、弛《し》張《ちょう》の烈しい風の息の偽週期的衝撃に堪えないのはむしろ当然のことであろう。

それで、文明が進むほど天災による損害の程度も累進する傾向があるという事実を十分に自覚して、そして平生からそれに対する防禦策《ぼうぎょさく》を講じなければならないはずであるのに、それが一向に出来ていないのはどういう訳であるか。その主なる原因は、畢竟《ひっきょう》そういう天災が極めて稀にしか起らないで、丁度人間が前車の顚覆《てんぷく》を忘れた頃にそろそろ後車を引出すようになるからであろう。

しかし昔の人間は過去の経験を大切に保存し蓄積してその教えに頼ることが甚だ忠実であった。過去の地震や風害に堪えたような場所にのみ集落を保存し、時の試煉に堪えたような建築様式のみを墨守《ぼくしゅ》して来た。それだからそうした経験に従って造られたものは関東震災でも多くは助かっているのである。大震後横浜から鎌倉へかけて被害の状況を見学に行ったとき、彼《か》の地方の丘陵の麓《ふもと》を縫う古い村家が存外平気で残っているのに、田圃《たんぼ》の中に発展した新開地の新式家屋がひどくめちゃめちゃに破壊されているのを見た時につくづくそういう事を考えさせられたのであったが、今度の関西の風害でも、古い神社仏閣などは存外あまりいたまないのに、時の試煉を経ない新様式の学校や工場が無残に倒潰してしまったという話を聞いて一層その感を深くしている次第である。やはり文明の力を買い被って自然を侮り過ぎた結果からそういうことになったのではないかと想像される。新聞の報ずるところによると幸いに当局でもこの点に注意してこの際各種建築被害の比較的研究を徹底的に遂行《すいこう》することになったらしいから、今回の苦い経験が無駄になるような事は万に一つもあるまいと思うが、しかしこれは決して当局者だけに任すべき問題ではなく国民全体が日常銘々に深く留意すべきことであろうと思われる。

小学校の倒潰の夥《おびただ》しいのは実に不可思議である。ある友人は国辱中の大国辱だと云って憤慨している。ちょっと勘定してみると普通家屋の全潰百三十五に対し学校の全潰一の割合である。実に驚くべき比例である。これにはいろいろの理由があるであろうが、要するに時の試煉を経ない造営物が今度の試験で見事に落第したと見ることは出来るであろう。

小学校建築には政党政治の宿弊に根を引いた不正な施工が附纏《つきまと》っているというゴシップもあって、小学生を殺したものは○○議員だと皮肉をいうものさえある。あるいは吹抜き廊下のせいだという甚だ手取り早《てっとりばや》で少し疑わしい学説もある。あるいはまた大概の学校は周囲が広い明地に囲まれているために風当りが強く、その上に二階建であるために一層いけないという解釈もある。いずれも本当かもしれない。しかしいずれにしても、今度のような烈風の可能性を知らなかったあるいは忘れていたことがすべての災厄の根本原因である事には疑いない。そうしてまた、工事に関係する技術者が我邦特有の気象に関する深い知識を欠き、通り一遍の西洋直伝《じきでん》の風圧計算のみを頼りにしたためもあるのではないかと想像される。これについては甚だ僭越《せんえつ》ながらこの際一般工学者の謙虚な反省を促したいと思う次第である。天然を相手にする工事では西洋の工学のみに頼ることは出来ないのではないかというのが自分の年来の疑いであるからである。

今度の大阪や高知県東部の災害は颱風による高潮《たかしお》のためにその惨禍を倍加したようである。まだ十分な調査資料を手にしないから確実なことは云われないが、最もひどい損害を受けた主な区域はおそらくやはり明治以後になってから急激に発展した新市街地ではないかと想像される。災害史によると、難波《なにわ》や土佐の沿岸は古来しばしば暴風時の高潮のために薙倒《なぎたお》された経験をもっている。それで明治以前にはそういう危険のあるような場所には自然に人間の集落が稀薄になっていたのではないかと想像される。古い民家の集落の分布は一見偶然のようであっても、多くの場合にそうした進化論的の意義があるからである。その大事な深い意義が、浅薄な「教科書学問」の横行のために蹂躙《じゅうりん》され忘却されてしまった。そうして附焼刃《つけやきば》の文明に陶酔した人間はもうすっかり天然の支配に成効したとのみ思い上がって処嫌わず薄弱な家を立て連ね、そうして枕を高くして来るべき審判の日をうかうかと待っていたのではないかという疑いも起し得られる。尤もこれは単なる想像であるが、しかし自分が最近に中央線の鉄道を通過した機会に信州や甲州の沿線における暴風被害を瞥見《べっけん》した結果気のついた一事は、停車場附近の新開町の被害が相当多い場所でも旧い昔から土着と思わるる村落の被害が意外に少ないという例の多かった事である。これは、一つには建築様式の相違にもよるであろうが、また一つにはいわゆる地の利によるであろう。旧村落は「自然淘汰《とうた》」という時の試煉に堪えた場所に「適者」として「生存」しているのに反して、停車場というものの位置は気象的条件などということは全然無視して官僚的、政治的、経済的な立場からのみ割出して決定されているためではないかと思われるからである。

それはとにかく、今度の風害が「いわゆる非常時」の最後の危機の出現と時を同じゅうしなかったのは何よりの仕合せであったと思う。これが戦禍と重なり合って起ったとしたらその結果はどうなったであろうか、想像するだけでも恐ろしいことである。弘安の昔[*5]と昭和の今日とでは世の中が一変していることを忘れてはならないのである。

戦争は是非とも避けようと思えば人間の力で避けられなくはないであろうが、天災ばかりは科学の力でもその襲来を中止させる訳には行かない。その上に、いつ如何なる程度の地震、暴風、津浪、洪水が来るか今のところ容易に予知することが出来ない。最後通牒も何もなしに突然襲来するのである。それだから国家を脅かす敵としてこれほど恐ろしい敵はないはずである。尤もこうした天然の敵のために蒙《こうむ》る損害は敵国の侵略によって起るべき被害に比べて小さいという人があるかもしれないが、それは必ずしもそうは云われない。例えば安政元年の大震[*6]のような大規模のものが襲来すれば、東京から福岡に到るまでのあらゆる大小都市の重要な文化設備が一時に脅かされ、西半日本の神経系統と循環系統に相当ひどい故障が起って有機体としての一国の生活機能に著しい麻痺症状を惹起《じやつき》する恐れがある。万一にも大都市の水道瀦水池《ちよすいち》の堤防でも決壊すれば市民がたちまち日々の飲用水に困るばかりでなく、氾濫する大量の流水の勢力は少なくも数村を微塵に薙倒し、多数の犠牲者を出すであろう。水電の堰堤《えんてい》が破れても同様な犠牲を生じるばかりか、都市は暗闇になり肝心な動力網の源が一度に涸《か》れてしまうことになる。

　こういうこの世の地獄の出現は、歴史の教うるところから判断して決して単なる杞憂《きゆう》ではない。しかも安政年間には電信も鉄道も電力網も水道もなかったから幸いであったが、次に起る「安政地震」には事情が全然ちがうということを忘れてはならない。

　国家の安全を脅かす敵国に対する国防策は現に政府当局の間で熱心に研究されているであろうが、ほとんど同じように一国の運命に影響する可能性の豊富な大天災に対する国防策は政府のどこで誰が研究し如何なる施設を準備しているか甚だ心元《こころもと》ない有様である。想うに日本のような特殊な天然の敵を四面に控えた国では、陸軍海軍の外にもう一つ科学的国防の常備軍を設け、日常の研究と訓練によって非常時に備えるのが当然ではないかと思われる。陸海軍の防備がいかに十分であっても肝心な戦争の最中に安政程度の大地震や今回の颱風あるいはそれ以上のものが軍事に関する首脳の設備に大損害を与えたら一体どういうことになるであろうか。そういうことはそうめったにないと云って安心していてもよいものであろうか。

我邦の地震学者や気象学者は従来かかる国難を予想してしばしば当局と国民とに警告を与えたはずであるが、当局は目前の政務に追われ、国民はその日の生活に忙《せ》わしくて、そうした忠言に耳を仮《か》す暇がなかったように見える。誠に遺憾なことである。

颱風の襲来を未然に予知し、その進路とその勢力の消長とを今よりもより確実に予測するためには、どうしても太平洋上並びに日本海上に若干の観測地点を必要とし、その上にまた大陸方面からオホツク海方面までも観測網を拡げる必要があるように思われる。しかるに現在では細長い日本島弧《とうこ》の上に、云わばただ一連の念珠《ねんじゅ》のように観測所の列が分布しているだけである。譬《たと》えて云わば奥州街道から来るか東海道から来るか信越線から来るかもしれない敵の襲来に備えるために、ただ中央線の沿線だけに哨兵《しょうへい》を置いてあるようなものである。

新聞記事に拠ると、アメリカでは太平洋上に浮飛行場を設けて横断飛行の足がかりにする計画があるということである。嘘かもしれないがしかしアメリカ人にとっては十分可能なことである。もしこれが可能とすれば、洋上に浮観測所の設置ということも強ち学究の描き出した空中楼閣だとばかりは云われないであろう。五十年百年の後にはおそらく常識的になるべき種類のことではないかと想像される。

人類が進歩するに従って愛国心も大和魂もやはり進化すべきではないかと思う。砲煙弾雨の中に身命を賭《と》して敵の陣営に突撃するのもたしかに貴《とうと》い日本魂であるが、○国や△国よりも強い天然の強敵に対して平生から国民一致協力して適当な科学的対策を講ずるのもまた現代に相応《ふさわ》しい大和魂の進化の一相として期待して然《しか》るべきことではないかと思われる。天災の起った時に始めて大急ぎでそうした愛国心を発揮するのも結構であるが、昆虫や鳥獣でない二十世紀の科学的文明国民の愛国心の発露にはもう少しちがった、もう少し合理的な様式があって然るべきではないかと思う次第である。

（昭和九年十一月「経済往来」）

災難雑考

大垣の女学校の生徒が修学旅行で箱根へ来て[*1]一泊した翌朝、出発の間際《まぎわ》に監督の先生が記念の写真をとるというので、大勢の生徒が渓流に架した吊橋《つりばし》の上に並んだ。すると、吊橋がぐらぐら揺れ出したのに驚いて生徒が騒ぎ立てたので、振動がますます劇《はげ》しくなり、そのために吊橋の鋼索が断《き》れて、橋は生徒を載せたまま渓流に墜落し、無残にも大勢の死傷者を出したという記事が新聞に出た。これに対する世評も区々《まちまち》で、監督の先生の不注意を責める人もあれば、そういう抵抗力の弱い橋を架けておいた土地の人を非難する人もあるようである。なるほどこういう事故が起った以上は監督の先生にも土地の人にも全然責任がないとは云われないであろう。しかし、考えてみると、この先生と同じことをして無事に写真をとって帰って、生徒やその父兄達に喜ばれた先生は何人あるか分らないし、この橋よりもっと弱い橋を架けて、そうしてその橋の堪え得る最大荷重について何の掲示もせずに通行人の自由に放任している町村もよく調べてみたら日本全国におよそどのくらいあるのか見当がつかない。それで今度のような事件はむしろあるいは落雷の災害などと比較されてもいいような極めて稀有《けう》な偶然のなす業《わざ》で、たまたまこの気まぐれな偶然の悪戯《いたずら》の犠牲になった生徒達の不幸は勿論であるが、その責任を負わされる先生も土地の人も誠に珍しい災難に逢ったのだという風に考えられないこともないわけである。

こういう災難に逢った人を、第三者の立場から見て事後に咎《とが》め立てするほどやさしいことはないが、それならば咎める人が果して自分でそういう種類の災難に逢わないだけの用意が完全に周到に出来ているかというと、必ずしもそうではないのである。

早い話が、平生地震の研究に関係している人間の眼から見ると、日本の国土全体が一つの吊橋の上にかかっているようなもので、しかも、その吊橋の鋼索が明日にも断れるかもしれないというかなりな可能性を前に控えているような気がしない訳には行かない。来年にもあるいは明日にも、宝永四年[*2]または安政元年[*3]のような大規模な広区域地震が突発すれば、箱根の吊橋の墜落とは少しばかり桁数のちがった損害を国民国家全体が背負わされなければならない訳である。

吊橋の場合と地震の場合とは勿論話がちがう。吊橋は大勢でのっからなければ落ちないであろうし、また断えず補強工事を怠らなければ安全であろうが、地震の方は人間の注意不注意には無関係に、起るものなら起るであろう。

しかし、「地震の現象」と「地震による災害」とは区別して考えなければならない。現象の方は人間の力でどうにもならなくても「災害」の方は注意次第でどんなにでも軽減され得る可能性があるのである。そういう見地から見ると大地震が来たら潰れるにきまっているような学校や工場の屋根の下に大勢の人の子を集団させている当事者は云わば前述の箱根吊橋墜落事件の責任者と親類同志になって来るのである。ちょっと考えるとある地方で大地震が数年以内に起るであろうという確率と、ある吊橋に例えば五十人乗ったためにそれがその場で落ちるという確率とは桁違いのように思われるかもしれないが、必ずしもそう簡単には云われないのである。

最近の例としては台湾の地震*4がある。台湾は昔から相当烈震の多い土地で二十世紀になってからでも既に十回ほどは死傷者を出す程度のが起っている。平均で云えば三年半に一回の割である。それが五年も休止状態にあったのであるから、そろそろまた一つくらいはかなりなのが台湾中のどこかに襲って来ても大した不思議はないのであって、そのくらいの予言ならば何も学者を待たずとも出来た訳である。しかし今度襲われる地方がどの地方でそれが何月何日頃に当るであろうということを的確に予知することは今の地震学では到底不可能であるので、そのおかげで台湾島民は烈震が来れば必ず潰れて、潰れれば圧死する確率の極めて大きいような泥土の家に安住していた訳である。それでこの際そういう家屋の存在を認容していた総督府当事者*5の責任を問うて、咎め立てることも出来ないことはないかもしれないが、当事者の側から云わせるとまた色々無理のない事情があって、この危険な土角《トウカツ》造り*6の民家を全廃することはそう容易ではないらしい。何よりも困難なことには、内地のような木造家屋は地震には比較的安全だが台湾ではすぐに名物の白蟻に喰べられてしまうので、その心配がなくて、しかも熱風防禦に最適でその上に金のかからぬというい わゆる土角造りが、生活程度の極めて低い土民に重宝がられるのは自然の勢いである。尤も阿里山《ありさん》*7の紅檜《べにひ》を使えば比較的あまりひどくは白蟻に喰われないことが近頃判って来たが、生憎《あいにく》この事実が分った頃には同時にこの肝心の材料が大方伐《き》り尽されてなくなった事が分ったそうである。政府で歳入の帳尻を合わせるために無茶苦茶にこの材木の使用を宣伝し奨励して棺桶などにまでこの良材を使わせたせいだという噂もある。これはゴシップではあろうが、とかく明日の事は構わぬがちの現代為政者のしそうなことと思われておかしさに涙がこぼれる。それはとにかく、さし当ってそういう土民に鉄筋コンクリートの家を建ててやる訳にも行かないとすれば、何とかして現在の土角造りの長所を保存して、その短所を補うような、しかも費用のあまりかからぬ簡便な建築法を研究してやるのが急務ではないかと思われる。それを研究するには先ず土角造りの家が如何なる順序で如何に毀《こわ》れたかを精《くわ》しく調べなければならないであろう。尤も自分などが云うまでもなく当局者や各方面の専門学者によってそうした研究が既に着々合理的に行われていることであろうと思われるが、同じようなことは箱根の吊橋についても云われる。誰の責任であるとか、ないとかいう後の祭りの咎め立てを開き直って仔細《しさい》らしくするよりももっともっと大事なことは、今後如何にしてそういう災難を少なくするかを慎重に攻究することであろうと思われる。それには問題の吊橋のどの鋼索のどのへんが第一に断《き》れて、それから、どういう順序で他の部分が破壊したかという事故の物的経過を災害の現場について詳しく調べ、その結果を参考して次の設計の改善に資するのが何よりも一番大切なことではないかと思われるのである。しかし多くの場合に、責任者に対する咎め立て、それに対する責任者の一応の弁解、ないしは引責というだけでその問題が完全に落着したような気がして、一番大切な物的調査による後難の軽減という眼目が忘れられるのが通例のようである。これではまるで責任というものの概念がどこかへ迷児になってしまうようである。甚だしい場合になると、なるべくいわゆる「責任者」を出さないように、つまり誰にも咎を負わさせないように、実際の事故の原因をおしかくしたり、あるいは見て見ぬふりをして、何かしら尤もらしい不可抗力に因《よ》ったかのように附会してしまって、そうしてその問題を打切りにしてしまうようなことが、吊橋事件などよりもっと重大な事件に関して行われた実例が諸方面にありはしないかという気がする。そうすればそのさし当りの問題はそれで形式的には収まりがつくが、それでは、全く同じような災難があとからあとから幾度でも繰返して起るのが当り前であろう。そういう弊の起る原因はつまり責任の問い方が見当をちがえているためではないかと思う。人間に免れぬ過失自身を責める代りに、その過失を正当に償わないことを咎めるようであれば、こんな弊の起る心配はないはずであろうと思われるのである。

例えばある工学者がある構造物を設計したのがその設計に若干の欠陥があってそれが倒潰し、そのために人が大勢死傷したとする。そうした場合に、その設計者が引責辞職してしまうかないし切腹して死んでしまえば、それで責を塞いだというのはどうも嘘ではないかと思われる。その設計の詳細をいちばんよく知っているはずの設計者自身が主任になって倒潰の原因と経過とを徹底的に調べ上げて、そうしてその失敗を踏台にして徹底的に安全なものを造り上げるのが、むしろ本当に責を負う所以《ゆえん》ではないかという気がするのである。

ツェッペリン飛行船*8などでも、最初から何度となく苦い失敗を重ねたにかかわらず、当の責任者のツェッペリン伯は決して切腹もしなければ隠居もしなかった。そのおかげでとうとういわゆるツェッペリンが物になったのである。もしも彼が仮りに我が日本政府の官吏であったと仮定したら、果してどうであったかを考えてみることを、賢明なる本誌読者の銷閑《しょうかん》パズルの題材としてここに提出したいと思う次第である。

これに関連したことで自分が近年で実に胸のすくほど愉快に思ったことが一つある。それは、日本航空輸送会社の旅客飛行機白鳩号《しろはとごう》*9というのが九州の上空で悪天候のために針路を失して山中に迷い込み、どうした訳か、機体が空中で分解してばらばらになって林中に墜落した事件について、その事故を徹底的に調査する委員会が出来て、大勢の学者が集まってあらゆる方面から詳細な研究を遂行し、その結果として、この誰一人目撃者の存しない空中事故の始終の経過が実によく手にとるようにありありと推測されるようになって来て、事故の第一原因がほとんど的確に突き留められるようになり、従って将来、同様の原因から再び同様な事故を起すことのないような端的な改良をすべての機体に加えることが出来るようになったことである。

　この原因を突きとめるまでに主としてＹ教授[*10]によって行われた研究の経過は、下手な探偵小説などの話の筋道よりは実に遥かに面白いものであった。乗組員は全部墜死してしまい、しかも事故の起ったよりずっと前から機上よりの無線電信も途絶えていたから、墜落前の状況については全く誰一人知った人はない。しかし、幸いなことには墜落現場における機体の破片の散乱した位置が詳しく忠実に記録されていて、その上にまたそれら破片の現品が丹念に当時のままの姿で収集され、そのまま手付かずに保存されていたので、Ｙ教授はそれを全部取寄せて先ずそのばらばらの骨片から機の骸骨をすっかり組み立てるという仕事にかかった、そうしてその機材の折れ目割れ目を一つ一つ番号をつけては虱潰《しらみつぶ》しに調べて行って、それらの損所の機体における分布の状況やまた折れ方の種類の色々な型を調べ上げた。折れた機材同志が空中でぶつかったときに出来たらしい疵痕《きずあと》も一々丹念に検査して、どの折片がどういう向きに衝突したであろうかということを確かめるために、そうした引掻き疵の蠟形《ろうがた》を取ったのとそれらしい相手の折片の表面にある鋲《びょう》の頭の断面と合わしてみたり、また鋲の頭にかすかについているペンキを虫眼鏡で吟味したり、ここいらはすっかりシャーロック・ホールムスの行き方であるが、ただ科学者のY教授が小説に出て来る探偵とちがうのは、このようにして現品調査で見当をつけた考えをあとから一々実験で確かめて行ったことである。それには機材とほぼ同様な形をした試片を色々に押し曲げてへし折ってみて、その折れ口の様子を見てはそれを現品のそれと較べたりした。その結果として、空中分解の第一歩がどこの折損から始まり、それからどういう順序で破壊が進行し、同時に機体が空中でどんな形に変形しつつ、どんな風に旋転しつつ墜落して行ったかということの大体の推測がつくようになった。しかしそれでは肝心の事故の第一原因は分らないので色々調べているうちに、片方の補助翼を操縦する鋼索の張力を加減するためにつけてあるタンバックルと称するネジがある、それが戻るのを防ぐために通してある銅線が一箇所切れてネジが抜けていることを発見した。それから考えると何らかの原因でこの留めの銅線が切れてタンバックルが抜けたために補助翼がぶらぶらになったことが事故の第一歩と思われた。そこで今度は飛行機翼の模型を作って風洞《ふうどう》で風を送って試験してみたところが、ある風速以上になると、補助翼をぶらぶらにした機翼はひどい羽搏《はばた》き振動を起して、そのために支柱がくの字形に曲げられることがわかった。ところが、前述の現品調査の結果でも正しくこの支柱が最初に折れたとするとすべてのことが符合するのである。こうなって来るともう大体の経過の見通しがついた訳であるが、ただ大切なタンバックルの留め針金がどうして切れたか、またちょっと考えただけでは抜けそうもないネジがどうして抜け出したかが分らない。そこで今度は現品と同じ鋼索とタンバックルの組合せを色々な条件の下に週期的に引っぱったり緩《ゆる》めたりして試験した結果、実際に想像通りに破壊の過程が進行することを確かめることが出来たのであった。要するにたった一本の銅線に生命がつながっていたのに、それを誰も知らずに安心していた。そういう実に大事なことがこれだけの苦心の研究でやっと分ったのである。さて、これが分った以上、この命の綱を少しばかり強くすれば、今後は少なくもこの同じ原因から起る事故だけはもう絶対になくなる訳である。

この点でも科学者の仕事と探偵の仕事とは少しちがうようである。探偵は罪人を見付け出しても将来の同じ犯罪をなくすることは六《むつ》かしそうである。

しかし、飛行機を墜落させる原因になる「罪人」は数々あるので、科学的探偵の目こぼしになっているのがまだどれほどあるか見当はつかない。それが沢山あるらしいと思わせるのは、時によると実に頻繁に新聞で報ぜられる飛行機墜落事故の継起である。尤も非常時の陸海軍では民間飛行の場合などとちがって軍機の制約から来る色々な止《や》み難い事情のために事故の確率が多くなるのは当然かもしれないが、いずれにしても成ろうことならすべての事故の徹底的調査をして真相を明らかにし、そうして後難を無くするという事は新しい飛行機の数を増すと同様に極めて必要なことであろうと思われる。これはまた飛行機に限らずあらゆる国防の機関についても同様に云われることである。勿論当局でもその辺に遺漏《いろう》のあるはずはないが、しかし一般世間ではどうかすると誤った責任観念から色々の災難事故の真因が抹殺され、そのおかげで表面上の責任者は出ない代りに、同じ原因による事故の犠牲者が跡を絶たないということが珍しくないようで、これは困ったことだと思われる。これでは犠牲者は全く浮ばれない。伝染病患者を内証にしておけば患者が殖《ふ》える。あれと似たようなものであろう。

こうは云うもののまたよくよく考えて見ていると、災難の原因を徹底的に調べてその真相を明らかにして、それを一般に知らせさえすれば、それでその災難はこの世に跡を絶つというような考えは、本当の世の中を知らない人間の机上の空想に過ぎないではないかという疑いも起って来るのである。

早い話が無闇に人殺しをすれば後には自分も大概は間違いなく処刑されるということはずいぶん昔からよく誰にも知られているにかかわらず、いつになっても、自分では死にたくない人で人殺しをするものの種が尽きない。若い時分に大酒をのんで無茶な不養生をすれば頭やからだを痛めて年取ってから難儀することは明白でも、そうして自分に蒔《ま》いた種の収穫時に後悔しない人は稀である。

大津浪が来ると一と息に洗い去られて生命財産ともに泥水の底に埋められるにきまっている場所でも、繁華な市街が発達して何十万人の集団が利権の争闘に夢中になる。いつ来るかも分らない津浪の心配よりもあすの米櫃《こめびつ》の心配の方がより現実的であるからであろう。

生きているうちに一度でも金を儲《もう》けて三日でも栄華の夢を見さえすれば津浪に攫《さら》われても遺憾はないという、そういう人生観を抱いた人達がそういう市街を造って集落するのかもしれない。それを止めだてするというのがいいかどうか、いいとしてもそれが実行可能かどうか、それは、なかなか容易ならぬ六かしい問題である。事によると、このような人間の動きを人間の力でとめたり外《そ》らしたりするのは天体の運行を勝手にしようとするよりも一層難儀なことであるかもしれないのである。

また一方ではこういう話がある。ある遠い国の炭鉱では鉱山主が爆発防止の設備を怠って充分にしていない。監督官が検査に来ると現に掘っている坑道は塞いで廃坑だということにして見せないで、検査に及第する坑だけ見せる。それで検閲はパスするが時々爆発が起るというのである。真偽は知らないが可能な事ではある。

こういう風に考えて来ると、あらゆる災難は一見不可抗的のようであるが実は人為的のもので、従って科学の力によって人為的にいくらでも軽減し得るものだという考えをもう一遍ひっくり返して、結局災難は生じやすいのにそれが人為的であるがために却《かえ》って人間というものを支配する不可抗な方則の支配を受けて不可抗なものであるという、奇妙な廻りくどい結論に到達しなければならないことになるかもしれない。

理窟はぬきにして古今東西を通ずる歴史という歴史がほとんどあらゆる災難の歴史であるという事実から見て、今後少なくも二千年や三千年は昔からあるあらゆる災難を根気よく繰返すものと見ても大した間違いはないと思われる。少なくもそれが一つの科学的宿命観であり得る訳である。

もしもこのように災難の普遍性恒久性が事実であり天然の方則であるとすると、吾々は「災難の進化論的意義」といったような問題に行き当らない訳には行かなくなる。平たく云えば、吾々人間はこうした災難に養いはぐくまれて育って来たものであって、丁度野菜や鳥獣魚肉を食って育って来たと同じように災難を食って生き残って来た種族であって、野菜や肉類が無くなれば死滅しなければならないように、災難が無くなったらたちまち「災難饑餓」のために死滅すべき運命におかれているのではないかという変った心配も起し得られるのではないか。

古い支那人の言葉で「艱難汝《かんなんなんじ》を玉《たま》にす」といったような言草があったようであるが、これは進化論以前のものである。植物でも少しいじめないと花実をつけないものが多いし、ぞうり虫パラメキウムなどでもあまり天下泰平だと分裂生殖が終熄《しゅうそく》して死滅するが、汽車にでものせて少しゆさぶってやると復活する。このように、虐待は繁昌《はんじょう》のホルモン、災難は生命の醸母《じょうぼ》であるとすれば、地震も結構、颱風《たいふう》も歓迎、戦争も悪疫も礼讃に値するのかもしれない。

日本の国土などもこの点では相当恵まれている方かもしれない。うまい工合に世界的に有名なタイフーンのいつも通る道筋に並行して島弧が長く延長しているので、大抵の颱風はひっかかるような仕掛けに出来ている。また大陸塊の縁辺のちぎれの上に乗っかって前には深い海溝《かいこう》を控えているおかげで、地震や火山の多いことは先ず世界中の大概の地方にひけは取らないつもりである。その上に、冬のモンスーンは火事を煽《あお》り、春の不連続線は山火事を焚《た》きつけ、夏の山水美は正《まさ》しく雷雨の醸成に適し、秋の野分《のわき》は稲の花時刈入時を狙って来るようである。日本人を日本人にしたのは実は学校でも文部省でもなくて、神代から今日まで根気よく続けられて来たこの災難教育であったかもしれない。もしそうだとすれば、科学の力をかりて災難の防止を企て、このせっかくの教育の効果を幾分でも減殺《げんさい》しようとするのは考えものであるかもしれないが、幸か不幸か今のところ先ずその心配はなさそうである。いくら科学者が防止法を発見しても、政府はそのままにそれを採用実行することが決して出来ないように、また一般民衆は一向そんな事には頓着しないように、ちゃんと世の中が出来ているらしく見えるからである。

植物や動物は大抵人間よりも年長者で人間時代以前からの教育を忠実に守っているから却って災難を予想してこれに備える事を心得ているか少なくも自ら求めて災難を招くような事はしないようであるが、人間は先祖のアダムが智慧の樹の実を食ったお蔭で数万年来受けて来た教育を馬鹿にすることを覚えたために新しい幾分の災難を沢山背負込《しょいこ》み、目下その新しい災難から初歩の教育を受け始めたような形である。これからの修行が何十世紀かかるかこれは誰にも見当がつかない。

災難は日本ばかりとは限らないようである。お隣のアメリカでも、たまには相当な大地震があり、大山火事があるし、時にまた日本にはあまり無い「熱波」「寒波」の襲来を受ける外に、かなりしばしば猛烈な大旋風トルナドー[*11]に引掻き廻される。例えば一九三四年の統計によると総計百十四回のトルナドーに見舞われ、その損害額三百八十三万三千ドル、死者四十名であったそうである。北米大陸では大山脈が南北に走っているためにこうした特異な現象に富んでいるそうで、この点欧州よりは少なくも一つだけ多くの災害の種に恵まれているわけである。北米の南方では我がタイフーンの代りにその親類のハリケーンを享有しているからますます心強いわけである。

西北隣のロシアシベリアでは生憎《あいにく》地震も噴火も颱風もないようであるが、その代りに海を鎖《とざ》す氷と、人馬を窒息させる吹雪と、大地の底まで氷らせる寒さがあり、また年を越えて燃える野火がある。決して負けてはいないようである。

中華民国には地方によっては稀に大地震もあり大洪水もあるようであるが、しかしあの厖大《ぼうだい》な支那の主要な国土の大部分は、気象的にも地球物理的にも比較的に極めて平穏な条件の下におかれているようである。その埋合せという訳でもないかもしれないが、昔から相当に戦乱が頻繁で主権の興亡盛衰のテンポが慌ただしくその上にあくどい暴政の跳梁《ちょうりょう》のために、庶民の安堵する暇が少ないように見える。

災難にかけては誠に万里同風である。浜の真砂《まさご》が磨滅して泥になり、野の雑草の種族が絶えるまでは、災難の種も尽きないというのが自然界人間界の事実であるらしい。

雑草といえば、野山に自生する草で何かの薬にならぬものは稀である。いつか『朝日グラフ』に色々な草の写真とその草の薬効とが連載されているのを見て実に不思議な気がした。大概の草は何かの薬であり、薬でない草を捜すほうが骨が折れそうに見えるのである。しかしよく考えてみると、これは何も神様が人間の役に立つためにこんな色々の薬草をこしらえてくれたのではなくて、これらの天然の植物にはぐくまれ、丁度そういうものの成分になっているアルカロイド*12などが薬になるような風に適応して来た動物からだんだんに進化して来たのが人間だと思えば大した不思議ではなくなるわけである。

同じような訳で、大概の災難でも何かの薬にならないというのは稀なのかもしれないが、ただ、薬も分量を誤れば毒になるように、災難も度が過ぎると個人を殺し国を亡ぼすことがあるかもしれないから、あまり無制限に災難歓迎を標榜するのも考えものである。

以上のような進化論的災難観とは少しばかり見地をかえた優生学的災難論といったようなものも出来るかもしれない。災難を予知したり、あるいはいつ災難が来てもいいように防備の出来ているような種類の人間だけが災難を生き残り、そういう「ノア」の子孫だけが繁殖すれば智慧の動物としての人間の品質はいやでもだんだん高まって行く一方であろう。こういう意味で災難は優良種を選択する試験のメンタルテストであるかもしれない。そうだとすると逆に災難をなくすればなくするほど人間の頭の働きは平均して鈍い方に移って行く勘定である。それで、人間の頭脳の最高水準を次第に引下げて、賢い人間やえらい人間をなくしてしまって、四海兄弟みんな凡庸な人間ばかりになったというユートピアを夢みる人達には徹底的な災難防止が何よりの急務であろう。ただそれに対して一つの心配することは、最高水準を下げると同時に最低水準も下がるというのは自然の変異《ヴェリエーション》の方則であるから、このユートピアンの努力の結果はつまり人間を次第に類人猿の方向に導くということになるかもしれないということである。

色々と持って廻って考えてみたが、以上のような考察からは結局何の結論も出ないようである。この纏《まとま》らない考察の一つの収穫は、今まで自分など机上で考えていたような楽観的な科学的災害防止可能論に対する一抹《いちまつ》の懐疑である。この疑いを解くべき鍵はまだ見付からない。これについて読者の示教を仰ぐことが出来れば幸いである。

（昭和十年七月「中央公論」）

Ⅱ

地震の予報はできるか

台風を予報するくらいの程度に強い地震を予報することができるようになれば非常に都合がよい。これは誰《たれ》でも望むことであるが、今のところでそれができる見込みはどうであるか。

科学的の予報をするためには、地震の起こり方について何か確かな知識をつかまえなければならない。もし、地震の原因が詳しく分かればこの上もない。またそれがはっきり分からなくても、地震がどういう場合に起こるかということについて統計的の規則または方則が見つかればよい。しかし、今では、まだ原因についても詳しい確かなことが分からず、また統計的にも、間違いなくいつでも当てはまるような規則は見つかっていない。

地震の原因について前から普通に考えられていたことは、地球がだんだんに縮まるにつれて表面の地殻 cartte（crust）が歪《ひず》みを受けて、それがある程度に達すると破れてひび割れが出来たり、地辷《じすべ》りが起こったりする、その時の激しい衝動が波になって遠方まで伝わるというのである。歪みが際《きわ》どい程度に達している時に、ちょっとした気圧の変化とか、あるいは、潮《うしお》の圧力とか、そういうものがはずみになって弱い所が破れ始めると思われるので、このようなはずみになる原因を〝第二原因〟と名付けて、歪みを起こす元になるいわゆる〝第一原因〟と区別している。

上に述べた第二原因についてはこれまでのいろいろの人の調べでいくらか確かなことが分かってきた。たとえば日本《にっぽん》の地震についても、気圧や雨などとの統計的の関係はいくらか分かってきた。勿論、このような第二原因はかなり種類が多いだろうから、それらをすっかり調べ上げるのはなかなかたやすいことではないが、今つかまえている糸口をたぐって行けば、次第に分かって来るべき性質のものである。しかるに、肝心の第一原因の方は、今のところ、かえってよく分からなくて、いろいろの学説が持ち出されている有様である。まず、地球がだんだんに縮まって行くという昔の考えは今では信用することができない。地球がだんだん冷たくなっているか、また反対に温かくなっているか、これは地殻の中にラジウムなどのあることが分かってこの方《かた》疑わしい問題となってしまった。それにしても、地質時代に山を造り出したような地殻の歪みの力が今でもいくらかは働いているとすればそれが地震の第一の原因になると考えてもいい。しかしその力がどうして、またどのように起こるかが大事な問題である。

近頃、カリフォルニヤ大学の地質学者ローソン Lawson[*1] がこの問題について研究した事柄の紹介が『サイエンティフィック・アメリカン』に出ている。あまり詳しいことは分からないが大体の要点は次のようなものである。すなわち、地球の回転軸が慣性能率の軸と一致していないために、地球が絶えず歪みの力を受け、そのために地殻が極の方へ引っぱられるような力を受ける。そのために地面でも山でもだんだんにずれて行く、それがある程度に達するとどこかに裂け目が出来て地震を起こすとこういうのである。実際、地球の回転のためにこの人の言っているような歪みが起こるかどうかということは、ローソンの論文でもよく調べてみなければなんとも言われないが、ともかくもそれがために地殻がある歪みを受けるということは疑いもないことで、問題はただその歪みの程度や模様にある。ローソンは今、互いに四〇マイルを隔てた四つの場所に丈夫な礎《いしずえ》を据え、それに機械を置いて、精密な天体観測から地殻の歪みを測るという仕事をやっているそうである。これは確かに面白い研究である。ローソンはこのような研究の結果から、今に地震の予報ができるようになるだろうという希望を述べているらしいが、この点については学者によって随分異論があると思う。仮に地殻の歪みの原因がこの人の考えた通りで、またそれだけあって、その歪みのだんだんに進む有様が観測でよく分かるとしたところで、それがいつ破れるか、どこがどの程度に破れるかを正しく当てることはなかなかむずかしいことである。この困難は、問題が〝不安定な釣合い〟に関係している場合にはいつでも免《まぬが》れがたいものである。

ローソンがこういう説を出している一方で、イギリスのオールダム[*2] Oldham は地震の第一原因について全く違った考えを公けにしている。この人の考えによると、地殻の歪みは必ずしもだんだんに加わって行くものばかりではなく、短い時間に急に加わることがあり、むしろそういう歪みが地震に関係があるらしい。そうして、そういう歪みは表面の地殻の浅い所にもとがあるのではなくて、もっとずっと深い地球の内部にあると考えられるというのである。そのような深い所に起こるある変化がもとになって、次に浅い所の破れが起こる。その関係はたとえば大砲で爆裂弾を打ち出すと、それが遠くへ行って破裂してそこに局部的な破壊を起こすと同じようなものだと言っている。岩石の熔《と》けているいわゆる熔岩がある変化をする時に、それの容積が著しい変化を受けるという事実があるが、深い地《じ》の底でもそのような変化が起こって、そのために歪みが急に増すようなことがあるのではないかと言っている。

オールダムの説ももとより半ばは想像のようなものであって、どれだけの信用を置いていいか分からない。しかし、すぐにこの説を打ち消すだけの議論もむずかしい。それで、つまり、地震の第一原因については、まだ少しも確かなことが言われないと言ってもいいかと思う。従って、原因の方から理論的に地震の予報のできるようになるのはまだいつのことだか見込みが立たない。

私はこのような悲観説を述べてはいるが、しかし決して地震の予報ができないというのではない。ただ、地震のように原因の複雑なそしていわゆる〝偶然〟の支配を免《まぬか》れがたい現象を、たとえば日蝕や月蝕などのような種類の現象と同じような心持ちで論じてはいけないということを言っておきたい。そうして、僅かな偏《かたよ》った一つの方面の事実から地震の予報ができると論じる人があってもその説を信じる前にはよくよく考えてみなければならないということをこのついでに述べておきたいと思ったのである。

（大正十一年九月「ローマ字世界」）

大正十二年九月一日の地震について

（左に誌すのは去る五月十七日、東京地質学会総会の席上で述べた講演の梗概に若干の修正を加えたものである。）

昨年九月一日の地震に連関して観察された各種の現象の中でも、地球物理学上の立場から見て、最も重要な意味のあるのは、陸地や海底面の垂直変位に関する実測の結果である。陸地測量部によって行われた水準測量の結果に拠れば、小田原大磯間、三浦半島の南端、それから房州の南端へかけて、約一メートルないし二メートルの隆起があり、東京附近では僅少ではあるが若干の陥没があった事が明らかである。この変化が、少なくも大部分は地震に次ぐ短時間内に起ったという事は、油壺、横須賀並びに東京芝浦その他の験潮儀記録[*1]を調べた結果からも疑う余地がない。ただその変化の始まってから終るまでの時間の長短については、未だ遽《にわか》に判断を下す事が出来ない。この問題については、いわゆる実見談と称する種類の材料もあるが、それは多くの場合に科学的価値の少ないものである。おそらく唯一の確実な手掛りは験潮記録であるが、これから確実な判断を下すに必要な理論的計算法も、またそれに必要な材料も、今日ではまだ遺憾ながら具備していない。

次に海軍水路部並びに水産講習所によって行われた相模湾海底測深の結果として、この湾の底面の著しい垂直変化が示されている。その変化の大きさの程度は陸地の場合と全く桁数を異にし、すなわち数十ないし数百メートルの昇降があったという事になっている。この変化の数値が陸地の場合と全く比較にならないという点が問題になって、そのためにこの測深の結果の判断の仕方について色々の議論があるように見える。これは最も重要な問題と思われるから、先ずこの点について自分の考えを述べて諸家の批評を仰ぎたいと思う。

今問題となっている深さの変化というのは、過去に行われた測深の結果と、地震後の新しい測深の結果との差によって与えられたものである。それでもし前と後の測量の精度に著しい相違があった場合には、その点からも問題が起る訳であるが、今回測られた区域の大部分、殊に主として問題となるべき部分については、前回の測量の時期がやはり大正年度にあって、当時測深の器具方法等においても今回と同一であったというから、この点は大して考慮する必要はない。少なくも前回の精度と今回のとの桁数を同じと見ても差支えはない。

一般に海底測深の誤差として考えられるものが三つある。第一は浪に因るものであるが、これは僅々数メートルを超えないもので、現在の場合には度外視してもよいものである。第二は測深線の傾斜彎曲によるものであって、これは大体において、測られた深さに比例すると考えられるものである。これは従来知られた結果から考えて数プロセント[*2]になる事は可能である。しかし、この誤差は常に同じ向き、すなわちいつも浅く出過ぎる性質の誤差であるから、二回の誤差の累積する場合でも、単独な場合の誤差より著しく大きくなる事はない。おそらくは如何なる場合にも十プロセントを超える事は、めったにあるまいと思われる。今試みに今回の結果について、各測点の深さを横軸上に、その点の深さの変化を縦軸に取って、各点における二つの値の相関を示すべき図表を作り、その図上の点の分布を験査してみると、その結果は、深さの変化が統計的に深さ自身に比例するというような傾向は表われない。そして深さの十プロセント、二十プロセント以上に達する変化が比較的浅い数百メートル程度の処で沢山に表われている。この結果から考えても、この第二の誤差のみで現在の結果を説明し得ない事は明らかであろう。

　次に第三の誤差は、測点の位置の決定に際する誤差のために、その位置における海底面の傾斜から起る誤差である。これは位置の誤差の水平距離と傾斜角の正切《せいせつ》[*3]との積で与えられるから、現在の場合のごとく傾斜の著しい場合には最も考慮を要するものである。この点については水路部当事者でも充分な注意を払われた事は勿論であろうが、また一方でそれと独立に、単に統計的に傾斜と深さの変化の関係を調べてみることによってある判断を下すことが出来る。すなわち前に深さとその変化との関係を調べたと同様に、傾斜と深さの変化との関係を図示して調べてみたが、その結果はやはり、深度変化と傾斜との間に何等明白な相関を示さない。

これらの考察の結果として、今回測深の結果として与えられた変化は、勿論すべての測定に免れ難い多少の偶然誤差はあるとしても、大体において現実なものと考えなければならない。

この変化が確実なものであるとした処で、それが果して地震後に起ったものであるか、あるいは地震前から緩徐に進行していたものであるか、あるいはまた、一部分は徐々に起り一部が急激に起ったものであるか、現在の場合についてこの問題を決定する事は、おそらく困難であろうと思われる。多分は徐々の変化も急の変化も両《ふた》つながらあったと考える方がより多く自然である。陸地の変化と海底の変化が全く独立であり得ない事は明らかであるとすれば、地震前の陸地の徐々の変化に比し、地震後短時間内の陸地の変化が、少なくも同じ桁数かむしろ大きいものであるらしいという事から推して考えても、地震後の海底変化の大きさの程度が、地震前に徐々に起った変化より遥かに小さかったろうと考えるのはむしろ不妥当と思われる。例えばサンフランシスコ地震[*4]に関する材料などから考えても、また一般弾性体の破壊に関する事実から推しても、現在の問題の変化のかなりのパーセントが地震後に起ったものと考える方がむしろ妥当であるまいかと思われる。

しかし、海底におけるこれだけの変化が短時間に起ったとすれば、そのために起るべき地震や津浪は、実際あったよりも遥かに激烈なものでなければなるまいという議論が出るかも知れない。これは一応尤もらしく聞える。しかしこの変化が一秒二秒間に終ったとすればともかく、これが例えば数十分に行われたとすれば、それが地震として感ぜらるる可能性は甚だ少ない。また津浪の大きさも果してどれだけになるはずであるか、一概に甚だしく大きくなるべきものと断定する事は出来ない。いわんや海底が全体陥没するか、全体隆起したのではなくて、局部的の隆起と陥没とが同時に起っているとすれば、そこからその区域の外部に伝播する長波の「積分的効果」は必ずしも簡単に常識的に推測するようなものではない。とにかくこれらの問題を明白に決定するだけの理論も実験も、遺憾ながら未だ知られていないのみならず、たとえそれが知られたとしても、現在の場合における津浪の高さやこの時間的関係についての確実な材料が極めて乏しいから、この方面の議論からして、震後の大変化を正面から否定するだけの根拠を見出す事は困難に思われる。

その他にも、震後海底の急変化を疑わしくするような懐疑的の議論は色々あるようであるが、直接これを否定するに充分なと思われるほどに有力なものはないようである。

要するにこれらの問題の完全な解決は、これを遠き将来に待たなければならぬであろう。今軽率な断定を下すべき性質のものではないであろう。しかしまた単にこれを将来の解決に委せてしまう前に、ともかくも一応問題の事実の理論上の可能性を考究し、またその事実を肯定するとした場合に、それから推論さるべき帰趨をあらかじめ論じてみるのも、あながち無用の業ではあるまいと考える。

陸地の一メートル程度の垂直変位に対して、これと同時に海底の数十ないし数百メートルの変位――しかもそれはかつて経験されなかった程度の変化があったという事に対して、吾々がただそれだけで何となく奇異な感じを抱くのは、畢竟陸地も海底もほぼ同様な物理的性質を有する地殻から成っているという、暗黙の先入的仮定から来るのではないか。また一方で、従来そういう経験のなかったというのは単に、今回のごとき震央地帯において、今回のごとき測量の繰返された例が稀有であったという事を意味するに過ぎないのではあるまいか。

この点に思い及んだ時に、自然に想い出すのは、ウェーゲナー[*5]やジョリー[*6]の地殻構造に関する仮説である。

ウェーゲナーの考えでは、陸地とこれに隣れる深海底では、その組成物質に著しい相違があり、前者がかなりの剛性を有するに比して、後者は著しい粘流動性を帯ぶるものと考えられている。そして前者は板状をなして後者の上に浮んでいると考えるのである。もしもこの考えが正しいものであるとすれば、陸地の一端が広い面積に亘って隆起した時にその補償作用として、これに接近した海底で比較的柔らかい部分が、狭い区域で著しき垂直変化を示す事は可能である。これは例えば適当な形の板のごときものを、飴のごときものの上に浮べた模型によって実験する事も出来る。現在の場合において、相模湾のごとき地点において特にかくのごとき軟弱な地殻を想像させるだけの根拠は種々あるであろう。例えばこの湾の西側から南へかけての新しい火山帯の存在あるいはこの深い海湾自身の存在が、既にこの考えを尤もらしくするに足るではないだろうか。以上はただ一つの想像に過ぎないが、少なくも一つの有望な想像としてこれをもう少し敷衍《ふえん》してみるのも多少の興味がありはしまいか。

この考えに一歩を進めようとするに当って第一に逢着する問題は、上に考えたような陸地地盤の隆起を惹起すべき原動力は何かという事である。これに対して考慮すべきは左のごときものである。

第一には、アイソスタシー[*7]の要求に応ずるための垂直変位を起すべき原動力で、これは陸地の下底に存在する流動性物質の静水圧によるもので、その直接の作用は勿論垂直の方向に働くものであるが、間接の結果としてはこれから各種の歪力《わいりょく》が生ずる事も明らかである。この種の力を誘起すべき原因の主要なものとしては次の二つを挙げる事が出来よう。すなわち（A）陸地の侵蝕、並びにその侵蝕された物質が海底に堆積する事によって、地殻表面の荷重分布の変化を生じ、そのために均衡が失われる事、（B）下底の岩層の熔融、凝固または構造変化によって、その層の比容に変化が起り、従ってそれに浮べる地盤の浮力に変化を来す事、である。

先ず（A）について考えてみる。仮にペンクがドナウ地方について推算した結果から換算してみると、一メートルの地盤が侵蝕されるためには一八〇〇〇年を要する。換言すれば約百年ごとに水銀柱一ミリメートルに相当する圧力の変化を生ずる割合である。これは見地の如何によって大きいとも小さいとも云われ得る。しかしこれをもって現在の場合の陸地隆起の直接原因と見做す事は困難である。何とならば、それがためには、今回の地震が一万年以上の間に蓄積された歪力の解除によるものと考えなければならないからである。これは甚だ尤もらしからぬ考えである。しかしこのような原因による力が、既に他の原因によって蓄積しその極限値に近づいている歪力に、「最後の藁一筋」の役目をして、云わば引金を引くような作用をする事は可能である。従来我邦学者の研究によっても、百キロメートルに一、二ミリメートルくらいの気圧傾度が地震誘発の第二次原因として甚だ有力なものである事が明らかである。九月一日内陸を通過した低気圧はおそらく最後のまた最後の引金を引いたものであろうと想像されるくらいである。そうすれば過去百年程度の期間に行われた侵蝕作用の結果でも、特にその特別な地理的分布から起るべき局部的の歪み等によって、来るべき地震の副因として働く事は可能であろう。しかしこれをもって今回地震の主因と見做す事はいずれにしても困難であろう。

（B）については、先ず地下岩漿《がんしょう》の一部の凝固という事が考えられる。例えばジョリーのごときはこの作用によって地質時代における大変動を説明しようとするくらいであるから、過去において大仕掛けに行われた事柄が、今日その余響のような弱い程度に行われたとすれば現在の場合を説明するのは容易であるように見える。また一方でゴールドシュミット[*9]の考えたごとく、地下深層において岩石の結晶構造の変化が行われたとすれば、これに伴う比容変化の結果として、凝固の場合と同様な事が云われる訳である。これも甚だ尤もらしく聞える。しかしこの種の考えのみで今回の地震を説明せんとするに当って感ずる第一の困難は、これらの状態変化を起すために必須な地下圧力や温度のかなり急な変化がどうして起ったかという事である。この点についても議論すれば勿論種々な可能性はあるであろうが、そういう議論は大概ヴィシアス・サークル[*10]になりやすい。何とならば求むる歪力の原因を説明するために結局はそこに行われているべき歪力自身を仮定する事になりやすいからである。ともかくも、自分には、この方面に今回地震の主因を帰すべき有力の根拠を見出す事が困難である。

次に考えるべきは、地殻に行われつつある何等かの変動の結果として起る、水平方向の張力または圧力である。これについても、また以下に述ぶるごとき（C）（D）など色々のものが考えられる。

（C）は地球全体としての収縮のために表面の地殻に起ると考えらるる横圧力である。しかし岩石中の放射性物質の分量から推算した結果として、地球全体として現に収縮しつつあるという考えは、物理学的に甚だしい困難に遭遇する。

（D）はジョリーの考うるごとき、海底岩漿の状態変化に伴う収縮の結果として、大洋からその縁辺の陸地に対して及ぼす横圧力である。ホッブス[11]の考えもこれに類している。この種の考えは種々の点において地質学上の事実を説明するに都合がよいように見える。ただ自分にはこの種の大洋からの横圧によって東亜太平洋沿岸におけるごとき山脈島嶼《とうしょ》の特殊な排列を説明する事が困難に思われる。これについてはホッブスの議論や実験もあるようであるが、それはどう見ても決定的のものでない。自分はむしろリヒトホーフェン[12]の考えの方がこれよりもいくらか事実に近いように思われるくらいである。（この点については後条にもう一度触れるつもりであるが更にまた他日詳述する機会があろうと思うから、ここには詳しい具体的の説明を省略する。）

（E）は陸地の地盤とその下底の流動性岩層との、水平方向における相対運動の結果として起る各種の力の作用である。これに関しては、ウェーゲナーの考えとジョリーの考えと、ある点では共通であり、またある点では相違した帰結を生ずる。前者の考えでは、地球重力と自転の遠心力との合成の結果として起る原動力は主として陸地地盤に作用する体　力《ボディリーフォース》であって、地下岩漿は陸地塊の運動のためにそれに対する抵抗力を提供するものと考える。後者の考えではこの流動性岩漿が潮汐摩擦のごとき作用で西より東に流れると考える。それで、もし海底地殻の存在を無視してしまえば、少なくも東西の方向については両方とも同様な事になる訳であるが、海底地殻が若干の剛性を有する事を考慮に加えると両説の間に多少異なった帰結を生ずる事になる。殊に陸地に接近した海底地殻に及ぼす歪力に著しき相違を生ずる事が可能である。例えばウェーゲナーの場合には日本の東側に存する深溝を説明するために、これが張力による裂隙だと考える事を余儀なくされたのであるが、もしジョリーの考えを適当に敷衍すれば、この側の海底地殻は大体に東に向って横圧を受け得るから、従ってタスカロラは*13一つの褶襞《しゆうへき》であると考えなければならない事になる。そのいずれが妥当であるかについては種々の異論があるであろうが、これはしばらく別問題としてここには立入らない。ここで問題としたいのは、日本の陸地と下底の粘流動性物質との相対運動の結果として、太平洋岸を隆起せしむるごとき偶力が如何にして生じ得るかという事である。これは陸地塊に作用する体力、前面抵抗、下底の摩擦抵抗、海底地殻の張力、圧力等を別々に考えて、その合成によって生ずる水平軸の周りの偶力を考えれば分る訳であるが、必要な与件の数量がすべて不確実であるために、充分な計算等は不可能であるが、ただこれらの力の結果として、太平洋岸を隆起させ日本海岸を沈降させるごとき場合の可能性を少なくも質的に示す事は容易である。しかし実際の場合には日本の陸地は簡単な孤立した四角な板のようなものではなく、長く弧状をなした弾性体の板のごときものであるから、以上のごとき力の外になお隣接部間の弾性的の力の相互作用を考慮しなければならない。この力の作用は例えばゴムの長い板を弧状に曲げてみる事によってても幾分想像することは出来る。これに関して多少興味あると思わるる簡単な実験を紹介したい。それは、厚さ二、三ミリメートルくらいのゴムの板で長さ数センチメートル、幅数十センチメートルくらいの短冊形のものを作り、これに、その長さの方向に、互いに並行した五、六の線に沿うて、ほぼ十種くらいずつの断続した切れ目を入れる。切れ目と切れ目の間の切れない部分の長さはなるべく短くする。また一つの線上の切れ目の中程に隣の切れ目の間の切れない処が相対するようにする。こういうものを、適当な木板の上に流した飴の上に置いて、そうして切れ目に直角の方向に板を引延すと、切れ目は次第に口を開いて、全体は一つの網のようなものに拡がって来る。その形は場合によっては、前に述べた東亜太平洋岸の山脈島嶼の瓔珞《ようらく》状の連鎖と類似した点を示す。そしてそういう場合に丁度太平洋に相応する側に隆起を生ずるような実験を示す事は容易である。この実験は非常に抽象的なようであるが、しかしウェーゲナー、ジョリーの両者の説に共通な基礎的仮定を敷衍《ふえん》する事によって、東亜の地形的構造を説明すべき一つの鍵を与える見込みがあるものと信ずる。この模型におけるごとき、週期的の「最初の切れ目」を大陸の縁辺に生ずるごとき歪力を想像する事も、他の弾性体の実例に徴して困難とは思われない。この考えはリヒトホーフェンの考えを陸地移動説の立場に引直したようなものであるが、ホッブスの考えなどよりはむしろ此方《こちら》に尤もらしい点があると思われるのである。

（F）としてもう一つ考えてみるべき可能性がある。もし日本の陸地地盤の下底を相対的に西から東に流れる岩漿が実存するものと仮定すれば、場合によっては、地盤岩石の西側の下底部が漸次に熔融され、それが固体地盤の底面に沿うて東に移動し、それが東側の縁に近い処で再び凝固する事も可能であろうし、また西側下底にある陸地塊の砕片が漸次東の方に移動する事も可能である。もしかくのごとき事があらば、陸地地盤の西の方はだんだんに厚さを減じ、これに反して東の方は厚さを増す。その結果として起る均衡作用は、太平洋岸を隆起せしめ、日本海岸を低下せしむる事となる訳である。尤もかくのごとき仮想的の作用が一般的であるとすれば、世界中の陸地はどこでも西側が低下し、東側が隆起しているはずだが、という異議が出るかも知れないが、そう簡単には云われない。何となれば、このような作用があるとしても、それと干渉して反対の結果を生じ得べき他の素因は周囲の条件如何によって、それぞれの場合にいくらでも考え得らるるからである。それはともかく、この（F）の可能性については一応実際の例について、地質学者の考慮を煩わしてみるも有益ではないかと思う。例えば関東より東北地方にかけて第三紀層[*14]が著しく発達していて、その太平洋岸に近く北上阿武隈の古い層が現われているような事実でも、以上のごとき仮説から何等かの説明の暗示を得るべきではあるまいか。

以上（A）から（F）まで、項を分って述べ来った各種の仮想的原動力の内のいずれが今回地震の第一原因をなしたかという問題に対して簡単な答解を与える事は、おそらく何人も躊躇するであろう。多分はこれらの内で互いに矛盾しない若干のものが同時に錯雑して作用したものと考えるべきものかも知れない。しかし現に以上の各項を逐次に点検して来た結果として、自分は（E）（F）の項に数えて来た可能性にかなり多くの蓋然性を認め得るように思う。

ウェーゲナー等の説に関しては、各方面殊に地質学者からの異論が多数にあるようである。またその基礎をなしている陸地移動の原動力すらも未だ充分な説明がつかないくらいである。それにかかわらずこの説が大体より見て有力な作業仮定である事は否み難い事である。私の寡聞な範囲では未だこの説の基礎の考えに致命的と思われるものは見当らない。大抵は枝葉の適用に変更を加うればどうにでもなりそうな事が多いように思われる。それで少なくも現在の場合について、この説がどこまで適用され得るかを験するのも興味ある仕事である。そういう考えから試みに以上の考慮に基づいて次のような想像を描いてみたい。

日本の島嶼は、千島から台湾までことごとく、かってはアジア大陸の縁辺に附着していた細長い断片であったのが、だんだん大陸から離れて現在の状態になった、その過程は、前に述べた飴の上のゴム板に類したものであったとする。そうすれば、いわゆるフォッサ・マグナ[*15]の生成のごときも自然に了解される。そしてその両脇の外側がまくれ上がったと考えれば、その部分の地層走向等の彎曲も説明される。また大陸から最も遠く東に距《はな》れた部分がその下底の物質の流動性の大きかった事、従って温度の高かった事を意味するとすれば、日本の東北翼の第三紀層の特異な発達を説明する事も出来るであろう。またもし（E）（F）のごとき作用のために三浦半島や房州の第三紀層が海中から隆起し、その際に相模湾底の柔らかい地殻が陥没して現在のごとき深い湾を形成したものであるとすれば、今回の地変のごときはただ過去に大仕掛けに行われたと同じ事を、極めて小さな尺度で続行しただけであると考えればよい事になる。そしてそうした立場から見れば、今回の地震のごときもただこの地殻変動に随伴して各所に起った多数の亀裂の発生の結果であろうと考えられ、いわゆる震源なるものの意味も自ずから明らかになるであろう。従って地震計記録の初動等の計測の結果として定められ得る震源地点が、どれだけの意味をもつかというような事も明らかになるであろうと思う。

もし以上のごとき想像が多少でも事実に触れているとすれば、今回の地震を起した原動力は、過去の歴史時代から引続いて今後なおある時期の間は継続するものと見なければならない。今村博士[*16]は千葉県東岸に並行するラグーン[*17]の列をもって過去における間歇的の海岸隆起の痕跡であろうと云っておられるが、自分はその説に多大の興味を感ずるものである。おそらくそういう週期的の隆起と、おそらくそれに伴うべき大地震とは今後も時々繰返さるるものと考えなければならない。

以上のごとき考えに対して一見矛盾するがごとく見える事実が一つある。それは地震前に、房州や三浦半島にかけて、すなわち今回新たに隆起した区域の海岸が、長期に亘って徐々に陥没しつつあったという事が、それらの土地の人の信ずべき証言によって確かめられたという事である。しかしこれは決して前述の仮説に対する反証とはなり得ない。それは次のような模型について考えてみれば分る。すなわち一本の弾性体の棒の左端を固定して水平に支持し、右端に近い一点に糸を結んでその糸の他の端を直下の一点に固定しておく。そうして棒の中央か、それより右に寄った処を徐々に押し上げてみる。そうすると棒は上に向って彎曲する結果として、糸より右の棒の端は却って下がって来る。上圧力が一定の制限を超えると糸が切れて、同時に棒は真直ぐになり、その右端は急に上昇するのである。これはただ一つのいわゆる模型であるが、実際の場合にこれと形式的に類する機巧も想像する事は甚だしく困難ではない。例えばこの模型の場合の糸に代るべきものが、太平洋岸に近い山塊の「根」に存すると考える事も出来る。何とならば、そういう処では山塊が流動層の底深く突入していて、従って流動層の厚さが薄い処があるという事も考えられるから。

ついでながら、自分は前に『ローマ字世界』の一月号で今回の地震に関して、関東地方の地形から見た地盤の割れ目について臆説を述べておいた。[*18] それは相模湾を中心とする同心円及び湾の中央から放射する線と見做さるべき特殊の地形的構造線が存在する事を指摘したものであった。しかしそのような割れ目を生ずべき機巧については、何等の仮説をも述べないでおいた。今以上の臆説を述べた行掛りとしてこの点について一言を費やしておきたい。尤も以上の線の系統は、勿論、多数の構造線の中からそういうものを抽象したものであるから、これに属しない線が他に多数に存在する事は別問題である。この点に誤解のないように希望する。

『気象集誌』の一月号において、藤原博士[*19]が発表された「地形の渦巻と相模灘大地震」と題する論文中に、同心円や放射線状の割れ目に関する興味ある解説がある。これに拠って考えてみても、現在の場合にかくのごとき割れ目を生じたのは陸地に相対的に相模湾が陥没したりまた隆起したりする過程が過去において行われた事を意味すると考え得られる。そうすれば今回の変動とよく照応する事になる。そうするためには単に陸地が隆起する方向にばかり動いていたのでは工合が悪いかも知れないが、しかし前に述べたように、急激な陸地の上昇の前に徐々な下降があるという事が事実であるとすれば、その困難は除き得られる見込みがある。

要するに、以上は全くただ一つの臆説に過ぎないのであるから、強いてこれを固執する意志はない。しかしこれを一つの作業仮説と見た時には、これがかなり多方面に亘った適用の可能性を包蔵し、また新しい考究の題目を暗示する点において、多少の興味はあろうかと思うので、未熟を顧みずここに公表して、各方面の識者の教えを乞いたいと思った次第である。

（附記）右の一篇は、充分な推敲の暇がなかったために、読者にとっては不得要領な点も多い事と察せらるる。上記の各項に関しても、多くは抽象的な解説に止めて詳細な具体的の意見を述べる事の出来なかったのは遺憾である。それらの点については、更に考究を重ねた上で他日適当の機を得て、再び批評を仰ぎたいと希望している。

この稿を草する途中で、小川博士の[20]「相模湾の所謂《いわゆる》陥没と隆起の意義如何」と題する論文を手にする事を得た。そしてそれから種々有益な啓示を受けた。博士の注意されたごとき、辷落《すべりおち》や洗滌の作用が、実際おそらく各所に行われたであろうという事は、海底における堆積物の性質に関する現在の考えからは否み難い帰結であろうと思う。しかしこの作用による変化の外に、なお海底の地盤自身の垂直変位もありはしなかったかという問題は、また別の問題として存在する余地があるように思う。前に述べたように、水路部の測量の結果によって、旧水深と水深変化との相関を調べた結果が、必ずしも一般的に、浅い所が深くなり深い所が埋もれたという明白な結果になっていないのである。

また一方で現在の場合において、洗滌作用が如何なる程度に、湾底の如何なる部分を削り、如何なる部分を埋めたであろうという事は結局海底における水流速度の分布如何によるものであるから、その解決は簡単でない。特別な条件のない限り、普通は、擾乱の最後の結果は高さの差別を減少する方に近づくと考えられるが、必ずしもそうでない場合も考えられない事はない。それはとにかく、現在の問題としては、海底地盤自身の昇降という事の可能性をも、今しばらく保留しておく事を希望したいと思うのである。

（大正十三年七月「地学雑誌」）

地震に伴う光の現象

大地震の時に、何か光るものを見たということがある。以前から変だなと思っていた。人間が神経過敏になったのかとも思えるが、一人が云い出したのならとにかく、多数が云うことであれば一概にけなすことも出来ない。

また大地震の時に、空や地面に光り物が見えるということは、古い記録にも相当沢山あって、地震研究所嘱託の武者君にちょっと調べてもらった所でも五十件くらいもある。

日本で一番古いのは貞観十一年（千六十二年前）陸奥の大地震[*1]の時に見えたというので、『三代実録』に「流光如昼隠映」[*2]と、うまい言葉でいってある。安政地震[*3]の時には一層人の注意を引いたようだ。新しいところでは関東大地震、その翌年一月の地震[*4]、丹後の大地震[*5]、今度の伊豆の地震等[*6]、大概のひどい地震にはある。

西洋の方でも、だんだん調べてみると、カントが地震の光を見たことや[*7]、ずっと古いところではギリシアで、紀元前三七三年の大地震[*8]に光の見えたのもあり、日本の昔の人と同じようなことを記録している。尤も人間が同じ動物であるからには、そうあるべきはずである。

科学者の調べたのでは、一九一一年にドイツ地方にかなりな地震があったが、[*9]その時に地震学者が調べた結果にもある。ところがこれまでの学者は、古い記録は信用しなかったり、信用してもそれが電光であるとか、火事とか、あるいはキャンプの光だとかいうくらいに考えており、殊に近年では送電線の接触発火であろうと考えるなど、あまり問題にしていないのである。実際また近年では、送電線接触による発火の場合や雷雨の場合などもあった。けれどもドイツの学者の調べでは、これらの事だけでは、どうも説明されないというので、疑いを存しているが、しかしほとんど大部分の学者は依然問題にしていないのである。

ところが今度の伊豆の地震についてどうもあちらこちらで、その光が現われたという話で、近県の中等学校の校長さんに照会してみたところが「光を見た」という報告が約七百件もある。

殊に私自身の友人でこれを見たという者が何十人とある、その中には私の信用する物理学者や気象学者で見た人が数人ある。

而してその光り方を聞いてみると、かなりまちまちであって、半分は心理学の方に属するかとも思われる。しかしかような事の正視は百パーセントの正確さを求めるのもむずかしいことであるが、同時に百パーセント間違えるということも難しいことである。

故に見た人の話を判断してこれを統計的に観ずるの外はないが、今のところの感じだけでは、その光が左の二通りあるらしい。
(一) よほど赤い色でユックリ光る。
(二) 電光のような光で時間が短い。
またこの光を見たという範囲は、東は房州の安房郡から、西は静岡附近くらいである。

これまでの「火事説」であるが、地震早々火事の起るわけもない、それには多少なり時を経ねばならぬ。「電光説」については、藤原博士にお願いして伊豆地方にその当時雷雨でもなかったか調べて頂いたが、二十五日の晩はどこにもなかった。二十六日の晩になって関西地方にあったということ。「送電線であったかも知れないという説」昔は電気がなかったから、この説は出なかったろうが、今は前述のごとくこの説も出るのであるけれど、七百人の中にはない。「山崩れの時ではないかとの説」もあるが、もしこれを房州から見たとすると、その光は関東地震の時に東京が焼けたくらいの火であらねばならぬ。

かように考えて来ると、吾々の材料をもってしては、外の事でこれを説明しようとするとよほどむずかしい。が、地震がして空が光るということが考えらるるか、と云えば、それは考えらるることで、地上五十メートルの辺に真空放電のありやすい処があるし、これは空中の放電である、空が光るということである、と言う方が簡単に説明が出来るかとも思われる。

どうも古今東西の記録を比較してみると、その中には今度の実見者の云う事から推定される現象と、符節を合わせるようなものが多く、私はこの現象は、地震の研究上、かなり注目すべき現象で、これを研究してみたいと思っている。従ってもし読者の中で、この光を見られた人は、なるべく詳細に御通知下されたら幸いである。

（昭和六年一月一日「日本消防新聞」）

Ⅲ

震災日記より

大正十二年八月二十四日　曇、後驟雨《しゆうう》
子供等と志村《しむら》の家へ[*1]行った。崖下の田圃路《たんぼみち》で南蛮ぎせるという寄生植物を沢山採集した。加藤首相[*2]痼疾《こしつ》急変して薨去《こうきょ》。

八月二十五日　晴
日本橋で散弾二斤《きん》買う。ランプの台に入れるため。

八月二十六日　曇、夕方雷雨
月蝕《げつしょく》雨で見えず。夕方珍しい電光[*3] Rocket lightning が西から天頂へかけての空に見えた。丁度紙テープを投げるように西から東へ延びて行くのであった。一同で見物する。この歳になるまでこんなお光りは見たことがないと母上が云う。

八月二十七日　晴
志村の家で泊る。珍しい日本晴。旧暦十六夜《いざよい》の月が赤く森から出る。
八月二十八日　晴、驟雨
朝霧が深く地を這う。草刈。百舌《もず》が来たが鳴かず。夕方の汽車で帰る頃、雷雨の先端が来た。加藤首相葬儀。
八月二十九日　曇、午後雷雨
午前気象台で藤原君[*4]の渦や雲の写真を見る。
八月三十〔三十一〕日　晴
妻と志村の家へ行きスケッチ板一枚描く。
九月一日　（土曜）
朝はしけ模様で時々暴雨が襲って来た。非常な強度で降っていると思うと、まるで断ち切ったようにぱたりと止む、そうかと思うとまた急に降り出す実に珍しい断続的な降り方であった。雑誌『文化生活』への原稿「石油ランプ」を書き上げた。雨が収まったので上野二科会展招待日の見物に行く。会場に入ったのが十時半頃。蒸暑かった。フランス展の影響が著しく眼についた。T君[*5]と喫茶店で紅茶を呑みながら同君の出品画「I崎の女」に対するそのモデルの良人《おっと》からの撤回要求問題の話を聞いているうちに急激な地震を感じた。椅子に腰かけている両足の蹠《うら》を下から木槌《きづち》で急速に乱打するように感じた。多分その前に来たはずの弱い初期微動を気が付かずに直ちに主要動を感じたのだろうという気がして、それにしても妙に短週期の振動だと思っているうちにいよいよ本当の主要動が急激に襲って来た。同時に、これは自分の全く経験のない異常の大地震であると知った。その瞬間に子供の時から何度となく母上に聞かされていた土佐の安政地震[*6]の話がありあり想い出され、丁度船に乗ったように、ゆたりゆたり揺れるという形容が適切である事を感じた。仰向《あおむ》いて会場の建築の揺れ工合を注意して見ると四、五秒ほどと思われる長い週期でみし〳〵みし〳〵と音を立てながら緩やかに揺れていた。それを見たときこれならこの建物は大丈夫だということが直感されたので恐ろしいという感じはすぐになくなってしまった。そうして、この珍しい強震の振動の経過を出来るだけ精しく観察しようと思って骨を折っていた。

主要動が始まってびっくりしてから数秒後に一時振動が衰え、この分では大した事もないと思う頃にもう一度急激な、最初にも増した烈しい波が来て、二度目にびっくりさせられたが、それからは次第に減衰して長週期の波ばかりになった。

同じ食卓にいた人々は大抵最初の最大主要動で吾勝ちに立上がって出口の方へ駆出して行ったが、自分等の筋向いにいた中年の夫婦はその時はまだ立たなかった。しかもその夫人がビフテキを食っていたのが、少なくも見たところ平然と肉片を口に運んでいたのがハッキリ印象に残っている。しかし二度目の最大動が来たときは一人残らず出てしまって場内はがらんとしてしまった。油画《あぶらえ》の額はゆがんだり、落ちたりしたのもあったが大抵はちゃんとして懸かっているようであった。これで見ても、そうこの建物の震動は激烈なものでなかったことがわかる。あとで考えてみると、これは建物の自己週期が著しく長いことが有利であったのであろうと思われる。震動が衰えてから外の様子を見に出ようと思ったが喫茶店のボーイも一人残らず出てしまって誰も居ないので勘定をすることが出来ない。それで勘定場近くの便所の口へ出て低い木柵越しに外を見ると、そこに一団、かしこに一団という風に人間が寄集まって茫然《ぼうぜん》として空を眺めている。この便所口から柵を越えて逃げ出した人々らしい。空はもう半ば晴れていたが千切《ちぎ》れ千切れの綿雲が嵐の時のように飛んでいた。そのうちにボーイの一人が帰って来たので勘定をすませた。ボーイがひどく丁寧に礼を云ったように記憶する。出口へ出るとそこでは下足番の婆さんがただ一人落ち散らばった履物《はきもの》の整理をしているのを見付けて、預けた蝙蝠傘《こうもりがさ》を出してもらって館の裏手の集団の中からT画伯を捜しあてた。同君の二人の子供も一緒に居た。その時気のついたのは附近の大木の枯枝の大きなのが折れて墜ちている。地震のために折れ落ちたのかそれとも今朝の暴風雨で折れたのか分らない。T君に別れて東照宮前の方へ歩いて来ると異様な黴臭《かびくさ》い匂が鼻を突いた。空を仰ぐと下谷《したや》の方面からひどい土ほこりが飛んで来るのが見える。これは非常に多数の家屋が倒潰したのだと思った、同時に、これでは東京中が火になるかもしれないと直感された。東照宮前から境内を覗《のぞ》くと石燈籠は一つ残らず象棋《しょうぎ》倒しに北の方へ倒れている。大鳥居の柱は立っているが上の横桁《よこげた》が外《はず》れかかり、しかも落ちないで危うく止まっているのであった。精養軒のボーイ達が大きな桜の根元に寄集まっていた。大仏の首の落ちた事*7は後で知ったがその時は少しも気が付かなかった。池の方へ下りる坂脇の稲荷の鳥居も、柱が立って桁が落ち砕けていた。坂を下りて見ると不忍弁天《しのばずべんてん》の社務所が池の方へのめるように倒れかかっているのを見て、なるほどこれは大地震だなということがようやくはっきり呑込めて来た。

無事な日の続いているうちに突然に起った著しい変化を充分にリアライズ*8するには存外手数が掛かる。この日は二科会を見てから日本橋辺へ出て昼飯を食うつもりで出掛けたのであったが、あの地震を体験し下谷の方から吹上げて来る土埃《つちほこ》りの臭を嗅《か》いで大火を予想し東照宮の石燈籠のあの象棋倒しを眼前に見ても、それでもまだ昼飯のプログラムは帳消しにならずそのままになっていた。しかし弁天社務所の倒潰を見たとき初めてこれはいけないと思った、そうして始めて我家の事が少し気懸りになって来た。

弁天の前に電車が一台停まったまま動きそうもない。車掌に聞いてもいつ動き出すか分らないという。後から考えるとこんなことを聞くのが如何な非常識であったかがよく分るのであるが、その当時自分と同様の質問を車掌に持出した市民の数は万をもって数えられるであろう。

動物園裏まで来ると道路の真中へ畳を持出してその上に病人をねかせているのがあった。人通りのない町はひっそりしていた。根津を抜けて帰るつもりであったが頻繁に襲って来る余震で煉瓦壁の頽《くず》れかかったのがあらたに倒れたりするのを見て低湿地の街路は危険だと思ったから谷中三崎町《やなかみさきちょう》から団子坂《だんござか》へ向かった。谷中の狭い町の両側に倒れかかった家もあった。塩煎餅屋《しおせんべいや》の取散らされた店先に烈日の光がさしていたのが心を引いた。団子坂を上って千駄木《せんだぎ》へ来るともう倒れかかった家などは一軒もなくて、所々ただ瓦の一部分剝がれた家があるだけであった。曙町へはいると、ちょっと見たところではほとんど何事も起らなかったかのように森閑として、春のように朗らかな日光が門並《かどなみ》を照らしている。宅《うち》の玄関へはいると妻は箒《ほうき》を持って壁の隅々からこぼれ落ちた壁土を掃除しているところであった。隣の家の前の煉瓦塀はすっかり道路へ崩れ落ち、隣と宅の境の石垣も全部、これは宅の方へ倒れている。もし裏庭へ出ていたら危険なわけであった。聞いてみるとかなりひどいゆれ方で居間の唐紙《からかみ》がすっかり倒れ、猫が驚いて庭へ飛出したが、我家の人々は飛出さなかった。これは平生幾度となく家族に云い含めてあったことの効果があったのだというような気がした。ピアノが台の下の小滑車で少しばかり歩き出しており、花瓶台の上の花瓶が板間にころがり落ちたのが不思議に砕けないでちゃんとしていた。あとは瓦が数枚落ちたのと壁に亀裂が入ったくらいのものであった。長男が中学校の始業日で本所《ほんじょ》の果てまで行っていたのだが地震のときはもう帰宅していた。それで、時々の余震はあっても、その余は平日と何も変ったことがないような気がして、ついさきに東京中が火になるだろうと考えたことなどは綺麗に忘れていたのであった。

そのうちに助手の西田君が来て大学の医化学教室が火事だが理学部は無事だという。N君[*9]が来る。隣のTM教授[*10]が来て市中所々出火だという。縁側から見ると南の空に珍しい積雲《せきうん》が盛り上がっている。それは普通の積雲とは全くちがって、先年桜島大噴火[*11]の際の噴雲を写真で見るのと同じように典型的のいわゆるコーリフラワー状のものであった。よほど盛んな火災のために生じたものと直感された。この雲の上には実に東京ではめったに見られない紺青《こんじょう》の秋の空が澄み切って、じりじり暑い残暑の日光が無風の庭の葉鶏頭《はげいとう》に輝いているのであった。そうして電車の音も止まり近所の大工の音も止み、世間がしんとして実に静寂な感じがしたのであった。

夕方藤田君が来て、図書館と法文科も全焼、山上集会所も本部も焼け、理学部では木造の数学教室が焼けたと云う。夕食後E君と白山《はくさん》へ行って蠟燭《ろうそく》を買って来る。TM氏が来て大学の様子を知らせてくれた。夜になってから大学へ様子を見に行く。図書館の書庫の中の燃えているさまが窓外からよく見えた。一晩中くらいはかかって燃えそうに見えた。普通の火事ならば大勢の人が集まっているであろうに、あたりには人影もなくただ野良犬が一匹そこいらにうろうろしていた。メートルとキログラムの副原器を収めた小屋の木造の屋根が燃えているのを三人掛りで消していたが耐火構造の室内は大丈夫と思われた。それにしても屋上にこんな燃草をわざわざ載せたのは愚かな設計であった。物理教室の窓枠の一つに飛火が付いて燃えかけたのを秋山、小沢両理学士が消していた。バケツ一つだけで弥生町《やよいちょう》門外の井戸まで汲みに行ってはぶっかけているのであった。これも捨てておけば建物全体が焼けてしまったであろう。十一時頃帰る途中の電車通りは露宿者で一杯であった。火事で真紅に染まった雲の上には青い月が照らしていた。

九月二日　曇

朝大学へ行って破損の状況を見廻ってから、本郷通りを湯島五丁目辺まで行くと、綺麗に焼払われた湯島台の起伏した地形が一目に見え上野の森が思いもかけない近くに見えた。兵燹《へいせん》*12という文字が頭に浮んだ。また江戸以前のこの辺の景色も想像されるのであった。電線がかたまりこんがらがって道を塞ぎ焼けた電車の骸骨が立往生していた。土蔵もみんな焼け、所々煉瓦塀の残骸が交じっている。焦げた樹木の梢がそのまま真白に灰をかぶっているのもある。明神前の交番と自働電話だけが奇蹟のように焼けずに残っている。松住町まで行くと浅草下谷方面はまだ一面に燃えていて黒煙と焔の海である。煙が暑く咽《むせ》っぽく眼に滲《し》みて進めない。その煙の奥の方から本郷の方へと陸続と避難して来る人々の中には顔も両手も火膨《ひぶく》れのしたのを左右二人で肩に凭《もた》らせ引きずるようにして連れて来るのがある。そうかと思うとまた反対に向うへ行く人々の中には写真機を下げて遠足にでも行くような呑気《のんき》そうな様子の人もあった。浅草の親戚を見舞うことは断念して松住町から御茶の水の方へ上がって行くと、女子高等師範の庭は杏雲堂《きょううんどう》病院の避難所になっていると立札が読まれる。御茶の水橋は中程の両側が少し崩れただけで残っていたが駿河台《するがだい》は全部焦土であった。明治大学前に黒焦の死体がころがっていて一枚の焼けたトタン板が被せてあった。神保町《じんぼうちょう》から一ツ橋まで来て見ると気象台も大部分は焼けたらしいが官舎が不思議に残っているのが石垣越しに見える。橋に火がついて燃えているので巡査が張番していて人を通さない。自転車が一台飛んで来て制止にかまわず突切って渡って行った。堀に沿うて牛《うし》が淵《ふち》まで行って道端で憩《いこ》うていると前を避難者が引切りなしに通る。実に色んな人が通る。五十恰好の女が一人大きな犬を一匹背中におぶって行く、風呂敷包一つ持っていない。浴衣《ゆかた》が泥水でも浴びたかのように黄色く染まっている。多勢の人が見ているのも無関心のようにわき見もしないで急いで行く。若い男で大きな蓮の葉を頭にかぶって上から手拭でしばっているのがある。それからまた氷袋に水を入れたのを頭にぶら下げて歩きながら、時々その水を煽《あお》っているのもある。と、土方《どかた》風の男が一人縄で何かガラガラ引きずりながら引っぱって来るのを見ると、一枚の焼けトタンの上に二尺角くらいの氷塊をのっけたのを何となく得意げに引きずって行くのであった。そうした行列の中を一台立派な高級自動車が人の流れに堰《せ》かれながらいるのを見ると、車の中には多分掛物でも入っているらしい桐の箱が一杯に積込まれて、その中にうずまるように一人の男が腰をかけてあたりを見廻していた。

帰宅してみたら焼け出された浅草の親戚のものが十三人避難して来ていた。いずれも何一つ持出すひまもなく、昨夜上野公園で露宿していたら巡査が来て〇〇人*13の放火者が徘《はい》徊《かい》するから注意しろと云ったそうだ。井戸に毒を入れるとか、爆弾を投げるとかさまざまな浮説が聞こえて来る。こんな場末の町へまでも荒して歩くためには一体何千キロの毒薬、何万キロの爆弾が入《い》るであろうか、そういう目の子勘定だけからでも自分にはその話は信ぜられなかった。

夕方に駒込の通りへ出て見ると、避難者の群が陸続と滝野川の方へ流れて行く。表通りの店屋などでも荷物を纏《まと》めて立退用意をしている。帰ってみると、近所でも家を引払ったのがあるという。上野方面の火事がこの辺まで焼けて来ようとは思われなかったが万一の場合の避難の心構えだけはした。さて避難しようとして考えてみると、どうしても持出さなければならないような物はほとんど無かった。ただ自分の描き集めた若干の油絵だけがちょっと惜しいような気がしたのと、人から預かっていたローマ字書きの書物の原稿に責任を感じたくらいである。妻が三毛猫だけ連れてもう一匹の玉の方は置いて行こうと云ったら、子供等がどうしても連れて行くと云ってバスケットかなんかを用意していた。

九月三日（月曜）曇後雨

朝九時頃から長男を板橋へやり、三代吉を頼んで白米、野菜、塩などを送らせるようにする。自分は大学へ出かけた。追分の通りの片側を田舎へ避難する人が引切りなしに通った。反対の側はまだ避難していた人が帰って来るのや、田舎から入り込んで来るのが反対の流れをなしている。呑気そうな顔をしている人もあるが見ただけでずいぶん悲惨な感じのする人もある。負傷した片足を引きずり引きずり杖にすがって行く若者の顔にはどこへ行くというあてもないらしい絶望の色があった。夫婦して小さな台車のようなものに病人らしい老母を載せて引いて行く、病人が塵埃で真黒になった顔を俯《うつむ》向けている。

帰りに追分辺でミルクの缶やせんべい、ビスケットなど買った。焼けた区域に接近した方面のあらゆる食料品屋の店先はからっぽになっていた。そうした食料品の欠乏が漸次に波及して行く様が歴然とわかった。帰ってから用心に鰹節《かつおぶし》、梅干、缶詰、片栗粉などを近所へ買いにやる。何だか悪い事をするような気がするが、二十余人の口を託されているのだからやむを得ないと思った。午後四時にはもう三代吉の父親の辰五郎が白米、薩摩芋、大根、茄子《なす》、醤油、砂糖など車に積んで持って来たので少し安心する事が出来た。しかしまたこの場合に、台所から一車もの食料品を持込むのはかなり気の引けることであった。

E君に青山の小宮君の留守宅の様子を見に行ってもらった。帰っての話によると、地震の時長男が二階に居たら書棚が倒れて出口をふさいだので心配した、それだけで別に異状はなかったそうである、その後は邸前の処に避難していたそうである。

夜警で一緒になった人で地震当時前橋に行っていた人の話によると、一日の夜の東京の火事は丁度火柱のように見えたので大島の噴火でないかという噂があったそうである。

（昭和十一年三月『橡の実』所収）

小宮豊隆宛書簡（大正十二年九月――十一月）

九月二十九日（土）　消印30日午後0時―1時

Herrn Prof. T. Komiya bei Herrn F. Speyer Hohenzollernstr. 26 Berlin W. 10 Via America アメリカ経由　独逸伯林　小宮豊隆様行[*1]

御無沙汰しました。

九月一日の朝は低気圧模様で時々豪雨が襲つて来た　九時過少し小降になつたので二科会の初日を見やうと思つて出かけて行つた。一辺見てしまつてから津田君に会つてそれから紅茶をのみながら話をして居た、場内は非常に蒸暑かつた。十二時近くなつたからもうそろ〳〵出掛けやうと思つて居ると地震がやつて来た。始めの急な運動ですむかと思つて居ると其後からゆつくりした著しい水平動が襲つて来て会場の屋根が目に見えてゆら〳〵と南北に揺れ始めた、大地が丁度波の上にのつてでも居るやうに揺れて中々静まらない。此れは大きな地震だと思つたが真逆《まさか》此家が倒れさうもないと思つて其儘腰かけて居た。あたりを見廻すと一処に昼めしなど食つて居た人は段々に裏の便所の口から出てしまつて、あとは椅子がひつくらかへつて居るやらコップが落ちて砕けて居るやら丸で野分の吹いたやうであつた。会場の方では壁にかけ連ねた額が落ちて居るのや落ちかゝつたのや、斜になつたのやだらしのない有様で場内には全く人影がなくなつてしまつた。尤も最初の震動にすぐ引続いて同程度の奴が起つたのでした。静まつてから外へ出て裏口の方へ廻つて見たら津田君と子供も森の中に居た。大木の朽ちたのが折れ落ちて居るのも其処かしこに散らばつて居た。山王台の方から吹いて居る風が妙にゴミ臭くて丁度煤掃《すすはき》の時のやうにむせつぽいので、此れは事によると倒潰した家があるかも知れないと思つた。東照宮前迄来るとあの石燈籠の行列が殆んど全部将棋倒しに北の方へ倒れて居る。鳥居はちやんと立つて居るが上の横に渡した石の中央の継目が外れかゝつて居た。池の端へおりて見ると弁天の前の社務所のやうな所が倒れかゝつて屋根瓦を全部ふるひ落して居るので少し驚いた。うちが少し心配になつて来た。電車は全部とまつて居る、此向ではとてもダメだと思つて急ひであるいて帰る事にした。根津は危険だからと思つて谷中《やなか》から帰つて来た。清水町辺は潰家もポツ〳〵ありかたむきかゝつた家は多数にある。人はみんな道の真中へ逃げ出し、中には重病人をかつぎ出して来るのもあつた。煉瓦塀は大抵めちや〳〵に倒れ土蔵なども壁や瓦がヒドク振り落されて居る。団子坂へおりる所の狭い町では倒れかゝつた家が並んであぶない想をした。千駄木《せんだぎ》から白山《はくさん》へ来るともう倒家などは一軒もなく唯屋根瓦などがずれ落ちて居る位なのでやつと安心した。宅へ帰つて見ると瓦が二三枚落ちて壁に所々亀裂がある位で一同無事でした。唯壁土の粉で家中泥塗《どろまみ》れになつた位であつた。水道は無論断水だが隣りに井戸があるので心配する事もなかつた。夜になつて電気のないのは少し心細かつた。

大学の様子は助手が知らしてくれたので理学部がよかつた事だけ分つたが夜十時頃行つて見たら図書館がまだ盛んに燃えて居た。一番奥の室の上の方の棚がめら〳〵燃えて下の方はまだ燃えて居ないのに消防夫は勿論人気はなくてなんだか荒涼な心持がした、無事だと思つた理学部も木造の数学教室が焼けて本館も危なかつたがやつと助かつた所であつた。帰りには本郷三丁目の東海銀行あたりを東の方へ燃へて行く処であつた。」二日は学校を見舞つてから浅草の妻の里の方へ様子を見に行かうと思つて出かけた　本郷三丁目から神田明神へかけ一面の焦土で余燼がまだ熱くて烟《けむ》くて目が痛み咽喉が痛んであるけない。焼跡には所々煉瓦やコンクリートの廃墟が聳へ黒焦になつた樹木が立つて居るばかりである。地震で屋根を崩された土蔵は中身が焼けた死骸になつて居る。順天堂でも女子高等師範でも明神祠でもみんな焼けてしまつて居る。道の中央には電車の焼けた残骸が立往生して居り上からは架空線が垂れ下がつて頭につかへる。向ふからは避難者が引き切りなくつゞいて来る。怪我人や、大火傷をして顔中たゞれた人を肩にかけて来るのもある。頭髪から衣服迄泥だらけの人も来る。明神の坂から見ると東橋だか厩橋《うまやばし》だかゞ盛に燃えて居る、市街は唯一面に烟つて何処が焼けて居るのか残つて居るのか見当が分らない、松住町迄行つたが烟と余炎でとても進めないから、あきらめて引返し御茶の水の方へ出た、御茶の水橋の上流の方には駿河台の崖が崩れて堀を埋めて居る、神田へ渡つて見ると此処も全部焦土である、明治大学の前には道端に黒焦になつた死骸がころがつて居た。気象台へ行つて地震の記録を見やうと思つたが一ツ橋が焼けて居て渡れない。」くたびれ果てゝ帰つて来ると朝鮮人や社会主義者の放火や暴行があるから立退かねばならぬといふ騒ぎで、二日の夜は用意だけした。二日の夜は上野の方が未だ焼けて居て人心不安であつた。浅草の親類は皆焼け出されて避難してくる。西片町の同郷人は荷物を持込んで来る、其夜は十三人の避難者が集まつて来た。妻の妹の一人が行方不明になつたといふ騒ぎであつた。君の御宅は高台であるし麻布青山は無事との噂は聞いても気掛りだから行き度いと思つたがそんな騒ぎで行かれず、やつと三日に人に頼んで御安否だけ聞く事を得た。行方不明の妹は間もなく無事な事が分つて安心した。其他の親類知人皆無事、唯松根君[*2]が家を焼かれて気の毒です。焼跡へ其後行つて見て漱石俳句研究の日を想出して妙な心持がした」それから所謂自警団の夜番をつとめたり昼は震災予防調査会にかり出されてかけ廻り疲労と繁忙とで端書もかけず、郷里の親戚へも無事との端書をやつた切りで今日迄過ごしました。君が定めて心配して居るだらうと思つたが鈴木君[*3]や安倍君[*4]の方から急報が行つた事を伝聞して安心しました。随分心配したでしやう、しかし御無事で何よりでした。」僕の郷里でも噂が大きくて親類のもの等も一時は僕等も全滅と思つたらしい。見舞に出京したのは意外であつたらしい」

今度の地震は東京ではさう大した事はなかつたのです。地面は四寸以上も動いたが振動がのろくて所謂加速度は大きくなかつたから火事さへなかつたら、こんな騒ぎにはならなかつた、死傷者の大多数はみな火災の為であります。火災を大ならしめた原因は風もあるが地震で水道が止まつた事、地震の為に屋根が剝がれて飛火を盛にした事、余震の恐怖が消防を萎微《ママ》させた事なども大きな原因のやうです」　僕等は今度の火災の事の調査を引受けて毎日〳〵焼跡をしらべて歩いて居ます。夜ねると眼の前に焼け跡の光景ばかり浮んで焼死者や水死者の姿が見えて仕方がない。頭の中迄焼野原になつたやうな気がする。」　帝都復興院*5といふ尨大なものが出来るらしい、不相変科学を疎外した機関らしいやうです」新聞に出るやうな事は一々申上げません」　調査の必要から昔の徳川時代の大震大火の記録を調べて居るが、今度吾々のなめたと同じやうな経験を昔の人がもう疾になめ尽して居る。それを忘却してしまつて勝手な真似をして居た為にこんな事になつたと思ふ。昔に比べて今の人間がちつとも進歩して居ない、進歩して居るのは物質だけでしやう。却つて昔の政府や士民のやり口が今より立派なやうな気もします。」　朝鮮人が放火したなど〻いふ流言から無辜《むこ》の人を随分殺し、日本人迄もムザ〳〵殺したのが随分おびたゞしいさうです。朝鮮人をかばつた巡査迄も殺されたさうです。それが面白半分にやつたのも大分あるらしい。」明暦の大火[*6]では丸橋忠弥[*7]の残党が放火して暴れるといふ流言があつたさうですが今度程の騒ぎはなかつたらしい。」

今日は右迄、

御宅でも引続き御無事　御安心を願ひます　草々

九月廿九日　　寅

豊隆大兄

十月十日（水）　消印11日午後3時—4時

Herrn Prof. T. Komiya bei F. Speyer Hohenzollernstr. 26 Berlin W. 10 Via America

アメリカ経由　独逸伯林　小宮豊隆様行

Abs. T. Terada I. University Tokyo

御手紙を難有う御坐いました。御起居の様子が分つてうれしかつた、四十万マルクの食事[*8]をして居る処などは甚だ愉快でした、真鍋さん[*9]の忠言も其甲斐があつた訳でしやう」震災後何時の間にか四十日経つた、山の手の方はもう一寸見た処何事もなかつたやうですが、唯屋根瓦の落ちた処だけは間に合せの雨覆に蓆《むしろ》やトタンが葺いてあります。屋根屋や材料が中々手が廻らないのでしやう。」併し何しろ山の手の方は避難者で人口が夥《おびただしく》敷増して居る、それに色々な車馬の往来が烈しくて此辺の街路でもうつかり歩けないやうです。雨がふると泥濘がひどく晴の日は塵埃が甚だしい、呼吸器をかけた人が大分多くなつた。」焼跡は段々に仮小屋が建つて居る。浅草方面が殊に早いやうです、実にみすぼらしい小屋ばかりですが、それでも今迄の焼けたトタン板を集めた簑虫の殻のやうな小屋を出て此に移つた人はいゝ気持だらうと思ひます、唯電気が来ないし、周囲が焼野原だから夜が淋しいだらうと思ひます。」　焼け残つた土蔵に住つて居る人もある、砂漠の中のルイン[*10]に住んで居るやうな気持だらうと思ふ。大通りは飲食店だけがぽつ〳〵仮小屋で商買をはじめて居るさうです。」　一昨日市役所へ行つて帰りに雨がふり出し、電車はとても乗れないから駿河台を抜けて歩いて学校へ帰つた、丁度日暮方にニコライの横を通つたが、何処にも人影がなく、崩れた煉瓦などがまだ道を塞いで実に荒涼な景色であつた、夜などはとてもあるけさうもない。」　毎日焼跡の崩れかゝつた大建築の爆破を工兵隊がやつて居る。昨日から一高の煉瓦の本館をこわして居る。音は大した事はないが気波が戸障子に打《ぶ》つかつて一寸ビックリさせる。爆薬の烟に煉瓦の粉が交じるから毒々しいやうな桃色の烟が濛々《もうもう》と立登る、此の忙がしい時に、それを見物する為に一時間も根気よく待つて居る群集も可也にある」　頭のシムプルな憲兵が大杉栄と伊藤野枝とを殺した[*11]迄はよかつたが二人が連れて居た大杉の妹の子（七才になる可愛いゝ男児）を栄の子と思つて一処に殺してしまつた。どうも上官の命令でやつて、そして罪をかぶつて居るらしく思はれる。まだ同様な事実が

追々に発覚して来さうです、どうも困つた事であります、

僕は毎日早朝からうちを出て地震学教室へ行つていろ〳〵の調べをして居ます。いろ〳〵の問題が手に余る程続々出て来る。時々自動車で焼跡を見に行つたり、警察署や消防署やいろんな役所へ材料を求めに行く。日が暮れて帰つてめしでもくうと疲れてがつかりする。しかし兎に角心持が緊張して居るせいかからだの工合はわりに故障もないやうです。」調べて居る事は、第一に今度の火災の火の流れの径路を調べて刻々に火の進んだ状況を reconstruct[*12] して後日の為の防火施設の参考にしやうといふので、此方は中村教授や学生の多数と一所にやつて居ます、火事の進行の意外に複雑なのに驚いて居ます、奇蹟的に焼け残つた少数のオーシス[*13]のやうな処例へば浅草観音や和泉町のやうな処には、矢張それだけの原因がある事が分ります」第二には火事の時に起つた竜巻の調べです。本所の被服廠空地で四万人の焼死者を生じた旋風の生因を確める事は可也必要な事と思つて居ます」第三には今度の地震の起因がどういふものかといふ事を地球物理の方から考へて見る事で此は最も面白い問題であります。現在迄の材料から考へられるのは相模湾底の一部が陥没し其結果として周囲が隆起した為といふ事は疑もない事で凡ての学者が一致して居るやうです。僕の問題は何故さういふ陥没隆起が起つたかといふ事、それを確かめるべき物理的方法などを考へる事です。」地震も火事も免れたものはうんと勉強でもして何か出来さなくてはすまないやうな気がして居ます」

今夜は又低気圧が襲来して段々風が烈しくなるやうです。」雨風のもる仮小屋に避難して居る人は可愛想です。本所辺では水が出てどうにも仕末がつかないでしやう。薄暗い蠟燭の明りの下に傘でもさして一晩しやがんであかす事でしやう、屋根を剝がれて居るのも沢山ありましやう

十月十日　寅

豊隆様

十月二十日（土）　消印21日午後1時—2時

〔絵はがき「須田町（大震災ノ帝都ノ実況）」〕

Herrn Prof. T. Komiya　bei Herrn Speyer　26 Hohenzollernstr.　Berlin W. 10　Via America　アメリカ線　伯林　小宮豊隆様

此れは火災後まだ四五日頃の写真と思ふ。其後此辺には一面に屋台店が出来て、ゆであづきやうどんやスイトン、水瓜《すいか》そんなもの丶飲食店が並んだ、此頃では又それがトンカツや汁粉やすし屋に変つて行くらしい。」方々の通りに出来たバラツクも大半は食物屋です、人間が原始的になつて食ふ事が第一の要求だと見える

十月廿日

〔裏に〕
ニコライの焼けたのは惜しい、焼跡のルインが実に美しい、此れを其儘保存してほしいと思つて居る
焼けて惜しくないコンナものは残つた
男はシヤツと股引ばかり、女は尻端折に手拭をかぶつて歩いた、当り前の風をしたものは却つて変に見えた
電柱
〔万世橋駅の建物に線を引き〕
此種の建物は地震に助かつたのが火事で中がスツカリやけた　ミカゲ石がみんなやけてボロ〳〵にはじけて居る

十月二十日（土）　消印21日午後1時―2時
〔絵はがき「日比谷附近（大震災ノ帝都ノ実況）」〕
Herrn Prof. T. Komiya　bei F. Speyer　Hohenzollernstr. 26　Berlin W. 10　Via America
アメリカ経由　伯林　小宮豊隆様
焼けさうもない建物が片はしから延焼したのは不思議なやうですが、多くは地震で屋根

や破風《はふ》の損所に木材の露出した処へ飛火が移つた事、又それを消防したくも水道断水、動力ポンプの不足で手が廻らなかつた事、それよりも、みんなが地震ですつかり魔睡《ママ》状態に陥つて火を消す事に努力しなかつた為もあります。実際唯火の燃えたい儘に燃した観がある。全く惜しい事をしました、

〔写真のそれぞれの箇所に線を引き〕

助かつた帝国ホテルだと思はれる

こんな烟突なんか地震には何ともないのが火にやかれて飴のやうになつて倒れた

金庫？

十月二十日（土）　消印21日午後1時—2時

〔絵はがき「神田橋（大震災ノ帝都ノ実況）」〕

Herrn Prof. Dr. T. Komiya　bei Speyer　Hohenzollernstr. 26　Berlin W. 10　Via America

アメリカ線　独逸伯林　小宮豊隆様

橋の焼けたのは大抵避難者がゴタ〱と荷物を堆積したのに火が付いた為らしい。橋の近辺には簞笥の金具やカバンの金具などが一面にちらばつて居た、蝙蝠傘の骨や、時計の器械のやけたのや蓄音機の器械の残骸がころがつて居たりした。日本橋の真中に妙な石炭

のやうなものがあると思つて見たらそれはコロムビアレコードの二十枚位重ねたのが焼けついて一塊になり周囲が焦げて居るのであつた

十月廿日

〔写真のそれぞれの箇所に線を引き〕

電車が焼けて車台ばかりが残つて居る

水道鉄管の上に仮橋、一列にしかあるけない

工兵が間もなくどうにか電車の通れるやうにした。今度の工兵の働きは大したものでした

十月二十日（土）　消印21日午後1時—2時

〔絵はがき「浅草仲店（大震災ノ帝都ノ実況）」〕

Herrn Prof. T. Komiya　bei F. Speyer　Hohenzollernstr. 26　Berlin W. 10　Via America

アメリカ経由　伯林　小宮豊隆様

火事の中に観音菩薩が屋根の上に現はれて四方に水を吹きかけて居る絵が此頃仲店に売つて居るさうです。譬喩的にはさう云つてもい丶と思ふ、昔から度々の火災に難を免れたと同じ御利益で今度も免れたのでしやう。観音が残つて丸の内が焼けたり大学が焼けたの

は、昔の人間が利口で今の人間が馬鹿な証拠だとも云はれましやう。」　御堂の屋根の瓦一枚落ちなかつたのに驚かれる。ゴマカシがなかつたのでしやう

〔裏に〕

灰色と代赭《たいしや》の沙漠の中に浅草寺の森の緑を見ると実に美しくて涙が出さうな気がする。」

日々非常な参詣者ださうです。

十月二十二日（月）　消印午前10時―11時

〔絵はがき「銀座（大震災ノ帝都ノ実況）」〕

Herrn Prof. T. Komiya　bei F. Speyer　Hohenzollernstr. 26　Berlin W. 10　Via America

アメリカ経由　伯林　小宮豊隆様

昨日端書を四枚出させたらおろかな使が一銭五厘の切手をはつて出してしまつたさうで、定めて何十万マルクの追徴をとられた事と恐縮します、馬鹿につける薬がない」　クリスチアニア[*14]以来の御端書段々に拝見、随分御心配だつた事と御察ししました」　伯林も其後仲々物騒なやうですね、御用心を願ひます、マルクも殆んど底抜けの様子で御困りでしやう、」　東京は段々に回復に向ひます、此分だともう大した騒ぎも起りますまひ、

〔写真のそれぞれの箇所に線を引き〕

建築中の銀坐ビルヂング
鉄柱がやけてあとが赤錆《さび》になつて居る、ひどくやけたのは曲つて居る
電話線の鉛管が震動でフックを外れて居る

十月二十六日（金）　消印27日午後1時—2時
〔絵はがき「京橋（大震災ノ帝都ノ実況）」〕
Herrn Prof. T. Komiya bei F. Speyer Hohenzollernstr. 26 Berlin W. 10 Via America
アメリカ線伯林行　小宮豊隆様

此写真は何処からどう見た処かよく分らない、しかし焼跡の情趣の標本にはなる、ゴロゴロした煉瓦などの間にちらばつたありとあらゆる日常の器具の死骸を調べてあるくと其家の商買などの見当のつく事がある。」今戸で坂東三津五郎の家の焼跡でおびたゞしい西洋皿の破片の堆積を見出したりした」宝石屋の焼跡には盗人が集まつたといふ、
十月二十六日
〔裏に〕
当時非常に暑い日が続いた事は此写真に出て居る人の服装で分りましやう　みんな飲水をさげて歩いた

〔写真の建物の壁に線を引き〕
地震による亀裂
街路樹の哀れな残骸

十月二十六日（金）　消印27日午後1時—2時
〔絵はがき「十二階附近（大震災ノ帝都ノ実況）」〕
Herrn Prof. T. Komiya bei Herrn F. Speyer Hohenzollernstr. 26 Berlin W. 10 Via America　アメリカ線伯林行　小宮豊隆様

十二階[*15]の爆破は見物でした、石の柱が急に砂の棒に変化してこぼれ落ちたといふ気がした。」花屋敷は殆んどやけたのに、其後前を通つたら鶴が鳴いて居た、猿は高い檻の中でふざけ、熊は不相変おじきをして居た。象の親は助け切れなくて射殺したさうです」花屋敷前の藤が焼けた後に青葉を出して返り花を沢山に咲かせた、実に強いものです

十月廿六日

〔写真のそれぞれの箇所に線を引き〕
此辺が活動館の並んで居た処でしやう
此森無事

多分此辺が花屋敷か
折れた十二階の外側を保護して居た鉄の枠が垂れた処
此辺が僅かな区域焼けなかつた、それが火元のすぐうしろだから妙です
鉄骨の焼けて曲つたのでしやう

十月二十六日（金） 消印27日午後1時―2時
〔絵はがき「上野附近（大震災ノ帝都ノ実況）」〕
Herrn Prof. T. Komiya bei Herrn F. Speyer Hohenzollernstr. 26 Berlin W. 10 Via America アメリカ経由伯林行 小宮豊隆様

此図に立ち残つて居る大きな建物が何だか分らないが此うい ふのは大抵鉄筋コンクリートです。」 遥かの遠方にボンヤリ夢のやうに三越が見えて居る、此れは殆んど焼跡の凡ての処から見えて目標になる。」 焼跡では凡て何処もが意外に近く見える、浅草辺から見て上野の山や本郷台の近いのにいつも驚かされた。（十月廿六日）
明日は鎌倉へ行きます
〔写真のそれぞれの箇所に線を引き〕
倉の屋根が焼けおちて壁の残つた形

半分位焦げ残つた電柱の残骸
此等の場面に瀰漫する焦げ臭い香を想像し玉へ
三越
焼け残つた電車　此れは避難民の寝所になり、又人捜しの広告塔や掲示場になつた、火の烈しかつた処では、電車の中で焼死した人も多い
此種の細長いものは大抵地震に助かり又鉄で出来たのは火事にも助かつた、ブラ〳〵の土管の烟突《えんとつ》なども無事であつた、それだのに大学の図書館は崩れやけおつた
僕等もこんな風体で長途を歩いた、片手に徳利をさげて

十月三十一日（水）　消印11月1日午後0時―1時
〔絵はがき「両国橋（大震災ノ帝都ノ実況）」〕
Herrn Prof. T. Komiya　bei Herrn F. Speyer　Hohenzollernstr. Berlin W. 10　Via America
アメリカ線伯林行　小宮豊隆様

日がたつにつれてはじめて段々に災害のひどかつた事がリアライズされて来るやうに思ふ。当時平気で見て居た光景が、今頃活動などで見ると却つて非常に悲惨に思はれてセンチメンタルになる事がある。」　余所行きに着かへて避難準備をして街路の真中に立つて向

ふの方のやけるのを一心に見て居る子供づれなどを見ると変な気になる、」今日は天長節でバラック軒並の国旗は賑かで淋しくなる、

十月卅一日

〔裏に〕

此れは両国としてあるがどうも変です　間違ひかと思ふ

当坐は橋杭に死体がいくらでも引つかゝつて居たさうです

水道鉄管？

〔写真に線を引き〕

此等は火事で起つた龍巻の為に何処かゝら飛んで来たトタン板でしやう

十月三十一日（水）　消印11月1日午後0時―1時

〔絵はがき「新富座跡（大震災ノ帝都ノ実況）」〕

Herrn Prof. T. Komiya　bei Herrn F. Speyer　Hohenzollernstr. 26　Berlin W. 10　Via America　アメリカ線伯林行　小宮豊隆様

此の写真の場所には僕は以前の見覚えがないが、君には興味があるでしやう。*16 市村坐もこんな風でした。浅草のみくに坐とかいふのが骨骼《こつかく》だけはちやんと残つて居るやうです。

俳優は大抵一旦大阪や田舎へ行つて来春頃から仮普請へ帰つて来て始めるらしい」僕等の学校も兎に角授業を始めました、化学の方の室をかりてやつて居ます　来春からバラックへ引越してやる筈です

X. 31.

〔写真の一つの建物に線を引き〕

此処にも屋根の焼け抜けた倉の標本がある

瓦の葺方が上等で地震に剝がれなかつた倉は皆助かつた、

浅草観音も瓦が一枚も落ちなかつた　此れも御堂の助かつた一つの源因でした

十一月三日（土）　消印4日午前10時―11時

Monsieur T. Komiya　chez l'Ambassade du Japon　Paris　France　Via America　アメリカ経由　フランス巴里にて　小宮豊隆様

十月一日御托送の御手紙つゞいてハムブルヒ[*17]とリュベック[*18]との絵葉書拝見しました、御手紙の様子ではなんだか大分独逸、といふよりは伯林に愛想をつかされたやうですが、此頃のやうでは実際不愉快だらうと思ひます、大凡想像が出来る。此頃はもう巴里に落着いて少しは寛いだ気持になられた事かと思ひます、しかし巴里も寒くなつては余り難有くも

ないでしやう。冬期の以太利《イタリア》行は此れは屹度《きつと》い、でしやう、唯以太利は人間のいやな事があるのでやつぱり巴里がよくなるかも知れない。兎に角来月《ママ》の十月にはもう御帰りださうで此れは至極賛成、半年やそこら長く居たとて格別な事もないでしやう。見物するものを見物して早く御帰りを希望します。なんだか急に手近くなつたやうな気がして喜ばしい。」

地震の災害も一年た、ない内に大抵の人間はもう忘れてしまつて此の高価なレッスンも何にもならない事になる事は殆んど見えすいて居ると僕は考へて居ます、来年あたりから段々人気は悪く風俗も乱れ妙な事になつて来るだらうと予想して居ます、唯市街が幾分立派になるかも知れんがそれも結局は従来と大した変りもなく、ゴチヤ〳〵としたものになり、今後何十年か百何年の後に、すつかりもう人が忘れた頃に大地震が来て又同じやうな事を繰返すに違いないと思つて居ます。煉瓦造はいけないとかコンクリートがい、とか云つて居るのはせい〴〵二十年かそこいらの事でしやう。いつ迄たつても人間は利口にならないものだと思ひます。今誰れも相手にしなくなつた鎌倉や小田原の別荘地でも買込んでおくと十年た、ぬ内に成金になれるだらうと云つて戯れて居るが、此れは実際だらうと思ひます。今度の地震の源因についていろ〳〵考へ調べて居ると実に関東地方は恐ろしい処だといふ事がリアライズされて来る。僕に云はせるとコンナ処に帝都をおくのが根本的に間違つて居るとも云はれる。どうしても此処が便利だといふならいつその事全部掘立小屋のトタン葺かなんかにして、いつ毀れても焼けてもい、やうなものにしておくとい、かも知れない。此れは極端ではあるが本当の話です。」二三日前、丁度地震から二月目に銀坐を通つて見たらまだ大部分は仮小屋も出来て居ないが、服部金太郎*19が大急ぎで可也大きな小屋（といふよりは博覧会の急造洋館のやうなもの）を建てゝ居るのと、銀坐ビルディングの最下層に松屋の売店が出来かゝつて居るのと、カフエーライオンが妙な平べつたいペンキ塗の小屋で始めて居る位で火事跡の気分が未だ大部分残つて居る、風月なども人道に一杯煉瓦屑や瓦を胸壁のやうにつんであつて、いつ始めるとも何ともかいてない。しかし神田辺はそろ〳〵町らしい（尤も田舎の新開町か、博覧会の売店町のやうな）体裁になりかけて居ます。岩波もバラックを建てかけて居る。古本屋も二三軒は小屋がけで始めて居るがまあ露店のやうな程度です。焼け出されらしい長髪の美術家がデコレーシヨンをやつて居る家もあつた。夜など此辺の表通りを通るといくらか町らしい気がするが、裏通りの淋しさは何とも云はれない。万世駅から東京駅への高架線の上から見下ろした光景は何と云つたらいゝか、妙に咽喉のかわくやうな情ない気持であります。併し君の帰る頃にはもう兎も角も空地は少なくなつて、ペンキ塗りのオモチヤの家を並べたやうな市街が出来上つて居る事と思はれます、もし永生きすれば此れから第二の東京の完成するプロセッスを大部分見物が出来る訳けで此れは兎も角も一つの見ものであるに相違ない。此のプロセッスのよい記録を取つておく事も一つの面白い仕事だらうと思ひます」

津田君が地震の日から二科会の女事務員と同棲して京都で暮して居るといふ事が僕の田

舎の新聞に出て居て驚いた。二科展の開会当日あの地震で其後京阪へ展覧会を持ち込んで開いて居る事は承知して居たが、そんな噂は昨日迄知らなくつて大に驚いて居るが、どうしていゝか分らない。困つた事です。僕の方へは一辺京都から端書が来たきりでした。展覧会で会つた時子供と連立つて居た人がそれらしい。此れ程芸術家では少し困る。

　僕のうちには妻の父と弟と妹と叔母と四人が焼け出されて未だに滞在して居ます。近辺の家にも未だ到処何誰立退所といふ札が貼つてある。大学では下宿をなくした学生の為に急造のバラック寄宿舎をたてゝ居る、例へば医科の焼けた教室の間の空地やベルツの銅像の家《ママ》やに妙な長屋が出来て居る。其他教室のバラックも大急ぎだから夜中迄も工事をやつて居る。こんな処に震災気分が残つて居るが、もう山の手一体《ママ》は何事もなかつたやうな気がして居る。今年の冬の火事や窃盗の警戒が大切です。」自警団といふものもまだやつて居る処があるやうです、曙町では疾の昔に火の番を雇つてやらせて居るが、場所によるとまだ勅任官などが夜中に棒を引ずつてカチ〳〵やりながら歩かせられて居るらしいから面白い。

　甘粕事件や自警団暴行騒ぎなど既に御承知と思ひます、僕には御報知する勇気がありません、思ひ出す事さへ御免を蒙ります」

　ハイフエツ[*20]が近日帝国ホテルで演奏をやる事になつて居ます。一日行つて見やうかと思つて居ます。地震以来凡ての音楽といふものを聞かなかつたから、ドンナ感じがするかと思つて居ます。ウツカリ音楽をやつたり蓄音機をかけて居ると罹災者や自警団から怒鳴り込まれるなど、おどかされもするし、又実際さういふ気分にもならないものだから、あれつきり楽器に手をふれません、ハイフエツで皮切りをしやうかと思つて居る。好笑。」

今度の地震は僕には可也色々の問題を授けてくれました。此の興奮の去らない内に何か一つ纏めたいと思つて勉強して居ます。御帰りになつたら又聞いて貰つて共鳴して貰はうと思つて楽しんで居ます。もう其頃迄には風月も復活するでしやう。」

板橋の家にも地震から二月行かなかつて、此間行つて見たら破損はなかつたが壁土のコボレでひどくなつて居ました。しかしあの辺の自然界は凡て何事もなかつたやうに美しい、い丶気持でした。半日鍬を取つて畑をこしらへて球根を植へたり、草花の種まきをやつて来ました。うちの辺ではいじけてよく咲かないコスモスが実にのび〳〵と咲いて、紅の花でも全く濁りのない色彩をして咲いて居る。ポプラーやプラタヌスの苗木を注文しておいたから、今度はそれをもつて行つて植えるつもりです、木が大きくなるのはいつの事だか知らないが。

僕は独逸に居る時分一種の倦怠を感じた時、人にす丶められて Sanatogen といふのをのんだが非常によく利いてすつかり元気を回復した覚があります。不愉快な事の多い時分に試みて見る事を御す丶めします。

十一月三日夜　寅彦

豊隆様

御手紙は十月卅日丁度一月目について、端書は十一月二日についた

（大正十二年九月——十一月）

無題

震災の火事の焼跡の煙がまだ消えやらぬ頃、黒焦《くろこげ》になった樹の幹に鉛丹色《えんたんしょく》*の黴《かび》のようなものが生え始めて、それが驚くべき速度で繁殖した。樹という樹に生え拡がって行った。

そうして、その丹色《にいろ》が、焔にあぶられた電車の架空線の電柱の赤錆の色や、焼跡一面に散らばった煉瓦や、焼けた瓦の赤い色と映《は》え合っていた。

道端に捨てられた握飯にまでも、一面にこの赤黴が繁殖していた。

そうして、これが、あらゆる生命を焼き尽《つ》されたと思われる焦土の上に、早くも盛り返して来る新しい生命の胚芽の先駆者であった。

三、四日たつと、焼けた芝生《しばふ》はもう青くなり、しゅろ竹や蘇鉄《そてつ》が芽を吹き、銀杏《いちょう》も細い若葉を吹き出した。

藤や桜は返り花をつけて、九月の末に春が帰って来た。

焦土の中に萌《も》え出《い》ずる緑は嬉しかった。

崩れ落ちた工場の廃墟に咲き出た、名も知らぬ雑草の花を見た時には思わず涙が出た。

（大正十二年十一月「渋柿」、昭和八年六月『柿の種』所収）

註解

細川光洋

＊主な地震のマグニチュードについては、国立天文台編『理科年表』平成23年度版を参考とした。

I

断水の日

＊1　**十二月八日**　大正十年（一九二一）十二月八日に起きた茨城県竜ヶ崎付近を震源とする竜ヶ崎地震。マグニチュードは7・0。

＊2　**明治二十八年来の地震**　正しくは明治二十七年（一八九四）六月二十日に起きた東京都東部を震源とする明治東京地震のこと。マグニチュードは7・0。神田・本所・深川で家屋の全半壊多数。東京・神奈川で死者三一名。

＊3　**淀橋近くの水道の溝渠**　新宿駅西口（旧豊多摩郡淀橋町）には明治三十一年（一八九八）から昭和四十年（一九六五）まで淀橋浄水場があった。一九六〇年代の後半からその跡地は新宿副都心として開発された。

事変の記憶

＊1　今度の地震　大正十二年（一九二三）九月一日午前十一時五十八分、神奈川県相模湾北西沖を震源として発生したマグニチュード7・9の関東大震災のこと。地震の発生時刻が昼食の時間帯と重なったために多くの火災が発生し、強風に煽られて拡がり、丸二日間燃えつづけた。死者・行方不明者は一〇万五〇〇〇余人で、日本災害史上で最大級のものである。

＊2　明暦の火事　明暦三年（一六五七）一月十八日に江戸の本郷本妙寺から出火。一月二十日まで三日間にわたって、江戸城をはじめ江戸市中の大半を焼き尽くした。「振袖火事」とも呼ばれ、死者十万人といわれる。

＊3　由井正雪　江戸の軍学者（一六〇五〜五一）。慶安四年（一六五一）、幕閣批判と旗本救済を掲げ、丸橋忠弥や金井半兵衛らとともに幕府転覆を計画したが、事前に発覚し、自刃した。「慶安の変」ともいわれる。

＊4　朝鮮人　「流言蜚語」の項の「大地震……流言」の項を参照。

石油ランプ

＊1　小さな隠れ家　大正十二年（一九二三）五月、寺田寅彦は武蔵野の面影が残る東京近郊の志村中台（現在の板橋区、日本大学豊山女子高校のあたり）の丘の上に自ら設計した赤い瓦屋根の洋館を建て、週末の別荘とした。寅彦はここでフレンチホルンを吹いたり、写生や庭いじりをしたりして過ごした。

＊2　同盟罷業　ストライキのこと。

地震雑感

＊1　**イソスタシー**　isostasy　アイソスタシー。地殻均衡説。寺田寅彦は大正四年（一九一五）四月に東京地学協会総会において「アイソスタシーについて」という題で講演。同年六、七月の「地学雑誌」にその講演筆記が掲載されている。

＊2　**ウェーゲナーの大陸漂移説**　Alfred Lothar Wegener（一八八〇〜一九三〇）ドイツの気象学者、地球物理学者。一九一二年に大陸移動説を提唱したが、当時は受け入れられず、プレートテクトニクス理論が提唱されだした一九六〇年代になって再評価された。寺田寅彦は大正十二年四月、日本天文学会において「ウェーゲナー大陸移動説」と題して講演しており、同年七月の「理学界」にその講演内容が紹介されている。

＊3　**ジョリー**　John Joly（一八五七〜一九三三）アイルランドの地質鉱物学者。岩石に蓄積された放射能に着目し、そのエネルギーと地殻の平衡とから地殻構造の形成を説明。造山作用をはじめて数量的に解析した。その学説は、地殻の熱的輪廻説といわれる。

＊4　**ポアンカレーの言葉**　Jules Henri Poincaré（一八五四〜一九一二）フランスの数学者、物理学者。寺田寅彦は、一九〇八年に刊行されたポアンカレの『科学と方法』の第一篇第一章「事実の選択」ならびに第四章「偶然」の翻訳を、それぞれ「東洋学術雑誌」の大正四年二月と同年七月、八月に発表している。ここに言及された言葉は、後者の「偶然」に見られる。

流言蜚語

＊　大地震、大火事の最中に、暴徒が起って東京中の井戸に毒薬を投じ……という流言　未曾有の事態に襲われた不安な心理状態から、関東大震災直後にはさまざまなデマや風評が飛び交った。そのなかでも、当時日本の植民統治下にあった朝鮮半島出身者が「暴徒」と化し、「井戸に毒を投げ入れ、家々に放火している」との噂は人々をパニックに陥れた。政府は戒厳令を発令し、新聞各紙はこぞって警戒を呼びかけた。各地で自警団が組織され、怪しいと思われたものは見つけ次第袋だたきにされた。この事実無根の流言蜚語によって、多くの朝鮮半島出身者が虐殺されたといわれる。「流言蜚語」の一文は、事態を冷静に見極めて「正当に怖がる」（「小爆発二件」）ことの大切さを説いた寅彦ならではのものといえる。寅彦の門下生であり、「雪」の研究で知られる中谷宇吉郎にも「流言蜚語」と題する一文がある。併せて一読をおすすめしたい。

時事雑感

＊1　煙突男　昭和五年（一九三〇）十一月十六日、川崎市の富士瓦斯紡績工場の労働争議の際に、工場の煙突に登った男が赤旗を振って煽動演説を行ない、六日間にわたって滞在した事件。

＊2　ラマン　Chandrasēkhar Venkata Rāman（一八八八〜一九七〇）インドの物理学者。一九三〇年、「ラマン効果」の発見によりノーベル物理学賞を受賞。「ラマン効果」とは、物質に光を入射したとき、散乱する光の中に入射された光の波長とは異なる波長の光が含まれる現象。

＊3　マセマチカル・トライポス　Mathematical tripos　英国のケンブリッジ大学で五月に行われる優等卒業試験のこと。tripos は「三脚の椅子」のことで、試験の時に三脚の椅子に座ったのがその由来とされる。ケンブリッジ大学では特に数学を重視し、数学の難題を tripos として課した。試

験の席次は公表され、一等級の成績者はWrangler（ラングラー）と称される。

＊4　**ティンダル効果**　Tyndall effect　霧、靄、煙、ほこり等に光を通したときに、散乱光となって、光の通路がその斜めや横からでも光って見える現象。イギリスの物理学者ジョン・チンダルJohn Tyndall（一八二〇〜九三）によって発見された。

＊5　**分光器**　光の電磁波スペクトルを測定する光学機器。原子や分子のスペクトルを測定し、その波長と強度を測定するのに用いられる。

＊6　**総理大臣が……狙撃された**　昭和五年（一九三〇）十一月十四日の金曜日、首相浜口雄幸（一八七〇〜一九三一）が東京駅構内で愛国社の佐郷屋留雄《さごうやとめお》から狙撃され、重傷を負った事件。浜口は一命を取り留めたが、翌年死去。

＊7　**前にある首相が……刺された**　大正十年（一九二一）十一月四日の金曜日、首相原敬（一八五六〜一九二一）が中岡艮一《なかおかこんいち》によって東京駅構内で刺殺された事件。

＊8　**ノトリアスに**　notorious　悪名の高い、「凶日として知られる」、という意。

＊9　**耶蘇の「金曜」**　俗にいう「十三日の金曜日」。イエス・キリストが磔刑にされた日とされ、「凶日」と考えられている。キリスト教では主の受難日を金曜日とし、十三を忌み数とする。

＊10　**深川の某研究所**　深川の越中島にあった航空研究所。関東大震災で建物が倒壊したため、駒場に移転。寅彦は、大正十年（一九二一）七月より航空研究所の所員を兼任。

＊11　**伊豆地方が強震に襲われた**　北伊豆地震。昭和五年（一九三〇）十一月二十六日早朝に発生した静岡県伊豆半島北部函南町付近を震源とするマグニチュード7・3の地震。死者・行方不明者二七二名。

＊12　**軍縮問題**　昭和十年（一九三五）、英国の提唱で列強海軍の補助艦保有量の制限を主な目的とした国際会議が開催され、ロンドン海軍軍縮条約が締結された。緊縮財政を掲げる当時の浜口内閣の歳出削減策にかなったものだったが、軍部は天皇の統帥権を侵害するとして反発、「統帥権干犯問題」に発展した。

＊13　**安政元年十一月四日五日六日にわたる地震**　安政元年（一八五四）には、十一月四日にマグニチュード8・4の安政東海地震、十一月五日に同じくマグニチュード8・4の安政南海地震、十一月七日に豊予海峡を震源とするマグニチュード7・3〜7・5の安政豊予地震と、四日間に三つの大きな地震が起こっている。また安政二年（一八五五）十月二日には、南関東を震源とするマグニチュード7・0〜7・1の安政江戸地震が起こり、江戸下町で多数の火災が発生。多くの死傷者を出した。東海地震、南海地震、江戸地震をあわせて「安政の三大地震」とよぶが、東海、南海地震は安政に改元する前の地震。度重なる地震と黒船の来航、内裏の炎上などから、嘉永七年十一月二十七日に、「安政」と改元された。

＊14　**宝永四年**　宝永四年（一七〇七）十月四日に起こった遠州灘沖を震源とする宝永地震。東海・南海・東南海連動型の広域地震で、マグニチュードは8・6と考えられている。地震と大津波により、各地に甚大な被害をもたらした。その四十九日後の十一月二十三日には富士山が大噴火し、地震とともに「亥の大変」とよばれた。

＊15　**ポリポ水母**　ポリプ（polyp）は、刺胞動物の体の構造のひとつで、イソギンチャクのように固着して触手を広げるもの。クラゲの幼生は着床したポリプ状態で、のちに浮遊体となる。増殖した個体がそのままつながって群生体を形成し、無性生殖を行なう。

＊16　昔支那に妙な苦労性の男がいて　後段「杞人の憂い」の項を参照。
＊17　音画　自然現象や風物、風景などを、音によって絵画的に表現した楽曲。
＊18　蒼生　草木が青々と生い茂るの意から、多くの人民のこと。
＊19　富士の噴火　なかでも宝永地震（一七〇七年）に連動して起こった「宝永の大噴火」は、大規模なもので、江戸市中に大量の火山灰を降らせた。
＊20　十一月二十四日の午前四時　十一月二十六日の未明に発生した北伊豆地震をふまえた記述であり、正しくは「十一月二十六日」であろう。「煙突男」は、十一月二十一日に煙突を下りていた。
＊21　杞人の憂い　『列子』にいう「杞憂」。古代中国の杞の国の人が「いつか天が落ち、地が崩落して身の置き所が無くなってしまうのではないだろうか」と心配したという故事から、心配する必要のないことをあれこれと心配すること、取り越し苦労の譬え。

津浪と人間

＊1　昭和八年三月三日　昭和八年（一九三三）三月三日、釜石市の東方沖を震源とするマグニチュード8・1の昭和三陸地震が発生。太平洋沿岸を津波が襲い、特に三陸沿岸で被害は甚大。死者一五二二名、行方不明者一五四二名の犠牲者を出した。
＊2　明治二十九年六月十五日　明治二十九年（一八九六）六月十五日、釜石市の東方沖を震源とするマグニチュード8・25の明治三陸地震が起こった。北海道より牡鹿半島にいたる海岸を津波が襲い、二万一九五九人が亡くなった。

天災と国防

＊1　函館の大火　昭和九年（一九三四）三月二十一日に北海道函館市で発生した大火災。死者二一六六名、焼失家屋は一万戸を超えた。寺田寅彦は「函館の大火について」を昭和九年五月「中央公論」に掲載している。

＊2　北陸地方の水害　昭和九年七月、石川県を流れる手取川が豪雨のために決壊し、死者・行方不明者一〇〇人を超える大災害となった。

＊3　九月二十一日の近畿地方大風水害　昭和九年九月二十一日に高知県室戸岬付近に上陸し、近畿地方を直撃した室戸台風のこと。室戸岬上陸時の中心気圧は911・6ミリバールで、日本本土に上陸した台風のなかで観測史上最も中心気圧が低い台風である。死者二七〇二人、行方不明者三三四人。

＊4　ロビンソン風速計　垂直な回転軸の周りに三個ないし四個の半球殻の風杯と呼ばれる羽を有する風車型の風力計。

＊5　弘安の昔　文永十一年（一二七四）の蒙古襲来（文永の役）につづく、弘安四年（一二八一）の二度目の襲来、弘安の役のこと。元《げん》のフビライは約十四万の大軍で攻めたが、暴風雨にあって敗退した。

＊6　安政元年の大震　「時事雑感」の「安政元年十一月四日五日六日にわたる地震」の項を参照。

災難雑考

＊1　大垣の女学校の生徒が修学旅行で箱根へ来て　昭和十年（一九三五）五月六日の早朝、修学

旅行で箱根堂ヶ島温泉に宿泊した岐阜県立大垣高等女学校の生徒約五十人が、記念撮影のために早川渓谷にかかる高さ約十メートルの吊橋に並んだところ、鋼索が切れて墜落。三十二人が負傷、うち一人が重傷を負った事故。

＊2　**宝永四年**　「時事雑感」の「宝永四年」の項を参照。

＊3　**安政元年**　「時事雑感」の「安政元年十一月四日五日六日にわたる地震」の項を参照。

＊4　**台湾の地震**　昭和十年（一九三五）四月二十一日、日本の統治下にあった台湾新竹州南部の大安渓中流域を震源として発生した新竹・台中地震のこと。マグニチュード7・1で、死者数の三二七六人は台湾史上最多である。

＊5　**総督府**　台湾総督府。明治二十八年（一八九五）、日清戦争後の馬関条約締結により、清国から割譲された台湾を統治するために置かれた機関（〜一九四五）。初代総督は樺山資紀。インフラの整備、学校教育の普及、製糖業をはじめとする産業の育成などにより台湾の近代化を推進する一方で、現地住民を「土民」とよび、統治に抵抗する者を「土匪」として厳しく取り締まった。

＊6　**土角造り**　土角《トウカツ》とは、粘土質の泥土を木枠に入れて固めたもの。当時の台湾では、この土角を積み重ねて壁とし、支柱に刺竹を使って泥で上塗りをした「土角造り」の家が多かった。真夏でも外の強い日射しを遮り涼しさを感じさせる反面、地震には脆かった。

＊7　**阿里山**　台湾の山岳地帯で、戦前の日本統治下には新高《にいたか》阿里山国立公園として日本の国立公園に指定されていた。樹齢千年を超えるタイワンヒノキ（紅檜）が多く自生し、日本の多くの神社仏閣にはこの阿里山のタイワンヒノキが使われた。

＊8　**ツェッペリン飛行船**　ツェッペリン飛行船は、ドイツのフェルディナント・フォン・ツェッ

ペリン伯爵 Ferdinand Graf von Zeppelin（一八三八～一九一七）が開発した硬式飛行船で、一九〇〇年に第一号が完成。一九〇九年には飛行船製造事業とともに、世界初の旅客を運ぶ商業航空会社を創立した。昭和四年（一九二九）八月には、世界一周の旅の途上で、東京の上空にもその姿を現している。

＊9　**白鳩号**　昭和七年（一九三二）二月二十七日、大阪から福岡へ向かっていた飛行艇白鳩号が吹雪のため針路を見失い、山中で空中分解し、北九州市郊外に墜落。操縦士ら五名全員が死亡した。寅彦は航空評議会の白鳩号遭難調査会に評議員として出席している。

＊10　**Y教授**　航空工学者で東京帝国大学教授であった岩本周平（一八八一～一九六六）のことを指すとみられる。航空評議会の調査会の委員には、Yの頭文字を持つ教授は見あたらないが、中谷宇吉郎の「『もく星』号の謎——白鳩号遭難事件を回顧して」には、「実際に仕事をした人」として岩本周平の名が挙げられている。寅彦のローマ字表記は、発音に基づく独特なもので、後段の註にも掲げたように、円地与四松のことをN君とも記している。岩本周平のY教授も同様に発音に基づく表記であろう。岩本の行なった実験ならびに調査については、昭和九年五月の「航空研究所彙報」に掲載された調査報告「白鳩号事故の原因並に過程」に詳しい。

＊11　**大旋風トルナドー**　tornado　トルネード、竜巻のこと。

＊12　**アルカロイド**　alkaloid　窒素を含み、塩基性を示す天然の有機化合物の総称。アルカロイドは植物体内の各種アミノ酸から生合成される。別名を植物塩基。

地震の予報はできるか

＊1　**ローソン**　Andrew Cowper Lawson（一八六一～一九五二）アメリカの地質学者。カリフォルニア大学バークレー校教授。カリフォルニア州のサンアンドレアス断層の存在を確認。一九〇六年のサンフランシスコ地震の後、「ローソン報告書」を発表。鉱物 Lawsonite にその名が残る。

＊2　**オールダム**　Richard Dixon Oldham（一八五八～一九三六）イギリスの地震学者。インドのアッサム地方での地震調査から、地球の中心に核が存在することを指摘した。

大正十二年九月一日の地震について

＊1　**験潮儀**　海面の昇降を測定し、連続して記録する器械。寅彦は、本多光太郎（一八七〇～一九五四）の考案した「水圧式」験潮儀を用いて、本多とともに日本各地の海岸で潮汐を測定。その研究成果を「大洋潮汐の副振動についての調査」（一九〇八年）にまとめている。「水圧式」の験潮儀とは、海底に沈めた釣鐘型の密封した金属容器の中の空気圧の変化を記録できるようにしたもの。

＊2　**プロセント**　procent　パーセント（％）を意味するポルトガル語。

＊3　**正切**　正接に同じ。直角三角形の高さと底辺との比のこと。三角関数のタンジェント。

＊4　**サンフランシスコ地震**　一九〇六年四月十八日早朝に発生したカリフォルニア州サンフランシスコ近郊のサンアンドレアス断層を震源とするマグニチュード8・3の直下型地震。地震直後に発生した火災は三日間燃え続け、市街地を焼失させた。約三〇〇〇人が死亡、二二万五〇〇〇人が家屋を失った。

＊5　**ウェーゲナー**　「地震雑感」の「ウェーゲナーの大陸漂移説」の項を参照。

＊6　ジョリー　「地震雑感」の「ジョリー」の項を参照。
＊7　アイソスタシー　「地震雑感」の「イソスタシー」の項を参照。
＊8　ペンク　Albrecht Penck（一八五八〜一九四五）ドイツの地理学者。アルプスの氷河を研究し、四回の氷期と三回の間氷期が存在したことを明らかにした。
＊9　ゴールドシュミット　Victor Moritz Goldschmidt（一八八八〜一九四七）スイス生まれのノルウェーの鉱物学者、地球化学者。地殻における元素分布を調査し、地球の内部構造の不均一性を指摘した。
＊10　ヴィシアス・サークル　Vicious circle　悪循環。
＊11　ホッブス　Richard William Hobbs（一八四四〜一九二八）イギリスの地質学者。地震活動を引き起こすのは、岩石にできる割れ目と同じように発達した地盤の亀裂（地震構造線）であると考え、岩石破壊地震発生説を唱える。
＊12　リヒトホーフェン　Ferdinand Freiherr von Richthofen（一八三三〜一九〇五）ドイツの地質学者、地理学者。ウェーゲナーの大陸移動説の反対論者で、水平運動説を厳しく批判し、垂直運動説を唱えた。海食論や中国の黄土の風成説などを提唱。「シルクロード」の命名者としても知られる。
＊13　タスカロラ　タスカロラ海淵。太平洋北西部、千島海溝の中央部にある最深所。深さ約八五一五メートル。一八七四年、米国のタスカロラ Tuscarora 号が発見。明治二九年（一八九六）の明治三陸地震の震源とされる。宮澤賢治の「風の又三郎」にも「タスカロラ海床」の名がみえる。
＊14　第三紀層　約七千万年前から一〇〇万年前まで。地質時代でいえば新生代の初めから中ごろ

までの時代。火山活動や造山運動が盛んで、アルプス・ヒマラヤなどの大山脈が形成された。日本列島もこの時期に形づくられたとされる。

＊15 **フォッサ・マグナ**　Fossa Magna「大きな窪み」を意味するラテン語。東北日本と西南日本の境目とされる一帯をさす。中央地溝帯ともよばれる。糸魚川静岡構造線（糸静線）を西縁とし、新発田小出構造線及び柏崎千葉構造線を東縁とすると考えられている。

＊16 **今村博士**　今村明恒（一八七〇～一九四八）地震学者。明治の末に、過去の周期データなどから、いち早く関東地震、東南海地震の発生を予想。サンフランシスコ地震の調査にもあたり、火災によって地震の被害が拡大すると警鐘を鳴らしたが、「世を騒がせる浮説」と批難を受ける。関東大震災後は寺田寅彦とともに各地の被害調査に尽力した。地震予知の草分け的な存在。

＊17 **ラグーン**　lagoon　湾が砂洲によって外海から隔てられ湖沼化した地形。

＊18 **『ローマ字世界』の一月号で……臆説を述べておいた**　「ローマ字世界」大正十三年一月号に発表された「Kwantô-tihô no Tikei to kondo no Disin」（関東地方の地形と今度の地震）をさす。

＊19 **藤原博士**　藤原咲平（一八八四～一九五〇）気象学者、中央気象台台長。「お天気博士」の愛称で親しまれ、現在の気象用語の基礎を作った。二つの熱帯低気圧が接近した場合、互いに干渉して通常とは異なる進路をとるという「藤原効果」の研究で知られる。

＊20 **小川博士**　小川琢治（一八七〇～一九四一）地質学者、地理学者。濃尾地震（一八九一年）の惨状を目の当たりにしたことから地質学を専攻。近代歴史地理学の創始者と位置づけられる。学者一家として知られ、長男の小川芳樹は冶金学者、次男の貝塚茂樹は東洋史学者、三男の湯川秀樹は物理学者、四男の小川環樹は中国文学者。

地震に伴う光の現象

＊1　**陸奥の大地震**　貞観地震。貞観十一年（八六九）五月二十六日に発生した三陸沖を震源とするマグニチュード8・3の地震。地震とともに大津波が襲来し、沿岸部は壊滅的な被害を受けた。

＊2　**流光如昼隠映**　流光昼の如く隠映す。『日本三代実録』の貞観地震の条に「廿六日癸未。陸奥國地大震動。流光如晝隱映。」と発光現象のあったことが記されている。

＊3　**安政地震**　「時事雑感」の「安政元年十一月四日五日六日にわたる地震」の項を参照。

＊4　**翌年一月の地震**　丹沢地震。大正十三年（一九二四）一月十五日、神奈川県西部の丹沢山地を震源とするマグニチュード7・3の地震。関東大震災後に発生した最大の余震とされている。神奈川県中南部で被害が著しかった。死者一九名。

＊5　**丹後の大地震**　北但馬地震。大正十四年（一九二五）五月二十三日、兵庫県但馬地方北部を震源とするマグニチュード6・8の地震。ちょうど昼時であったため、各地で火災が発生。豊岡、城崎は甚大な被害を受けた。死者四二八名。

＊6　**今度の伊豆の地震**　「時事雑感」の「伊豆地方が強震に襲われた」の項を参照。

＊7　**カントが地震の光を見たこと**　カント Immanuel Kant（一七二四〜一八〇四）は、一七五五年十一月一日にポルトガルのリスボン付近を震源として発生したリスボン大地震（マグニチュード8・5）に強い衝撃を受け、「地震論」（一七五六年）を執筆。「大地の揺れ始める数時間前に空が赤く光った」と大気の異変を表す徴候があったことを報告している。リスボンは津波と火災により潰滅的な被害を被り、大航海時代に多くの植民地を獲得したポルトガルの国力は著しく衰退した。

カント哲学における「崇高」の概念は、このリスボン大地震から受けた衝撃の体験から発展したとも考えられている。

＊8　ギリシアで、紀元前三七三年の大地震　紀元前三七三年の冬の夜に発生したとされる地震。古代ギリシャの都市ヘリケ Helike は、この地震と津波の猛威に襲われて消滅したとされる。

＊9　一九一一年にドイツ地方にかなりな地震があった　一九一一年十一月十六日にドイツ南西部バーデン＝ヴュルテンベルク地方の丘陵地帯エービンゲン Ebingen で発生したマグニチュード6・1の地震。地震学者ジーベルク August Heinrich Sieberg（一八七五〜一九四五）によるこの地震についての調査報告のなかにも、発光現象が報告されている。

Ⅲ

震災日記より

＊1　志村の家　「石油ランプ」の「小さな隠れ家」の項を参照。

＊2　加藤首相　加藤友三郎（一八六一〜一九二三）海軍軍人、第二十一代内閣総理大臣。関東大震災の直前、首相在職の大正十二年八月二十四日に急逝。後継総理の選定中に関東大震災は起こった。

＊3　珍しい電光　関東大震災の発生前後に、西の空に発光現象が確認されている。「地震に伴う光の現象」にも指摘があるが、この「電光」は地震によるものと考えられる。

＊4　藤原君　「大正十二年九月一日の地震について」の「藤原博士」の項を参照。

＊5　T君　寺田寅彦の当時の日記や小宮豊隆宛の書簡から、津田青楓（一八八〇〜一九七八）の

ことをさしていることがわかる。青楓は二科会創立メンバーの一人で、夏目漱石の『道草』の装幀を手がけている。「I崎の女」は、青楓が第十回二科展に出品した油彩の裸体画「出雲崎の女」のこと。

＊6　**土佐の安政地震**　安政南海地震。「時事雑感」の「安政元年十一月四日五日六日にわたる地震」の項を参照。

＊7　**大仏の首**　上野精養軒の向かいの丘には、かつて江戸期に建立された「上野大仏」があった。関東大震災で首が落ち、その後、胴体部は第二次大戦時に軍に献納された。現在では、大仏の顔面だけが上野公園内にレリーフとして残されている。

＊8　**リアライズ**　realize　実感するの意。

＊9　**N君**　円地与四松（一八九五～一九七二）東京日日新聞記者。夫人は作家・円地文子。学生時代の読書会で寅彦の知遇を得る。ツェッペリン号の来日時には記者として乗船した。

＊10　**隣のTM教授**　友枝高彦（一八七六～一九五七）倫理学者。

＊11　**桜島大噴火**　大正大噴火。大正三年（一九一四）一月十二日午前、桜島は猛烈な噴火を起こし、山の南東へ流れ出た溶岩が対岸の大隅半島との間の海を埋めて陸続きとなった。同夜には、マグニチュード7・1の桜島地震も発生。噴火と地震によって五八名が亡くなり、降灰は仙台まで達した。

＊12　**兵燹**　戦争により起こる火災。戦火のこと。

＊13　**○○人**　原文ママ。

小宮豊隆宛書簡

＊1　**小宮豊隆**　独文学者、文芸評論家、演劇評論家（一八八四～一九六六）。東京帝大時代に漱石と出会い、以後師事する。漱石の没後、全集を編纂。漱石の研究書を多く著す。漱石の『三四郎』のモデルとされる。俳号を「蓬里雨」といい、寅彦、東洋城と連句を愉しんだ。

＊2　**松根君**　松根東洋城（一八七八～一九六四）俳人。俳誌「渋柿」主宰。松山の旧制中学時代に漱石から俳句の手ほどきを受け、以後師事。熊本五高時代に漱石と出会った寅彦とともに、東京帝大時代以前からの漱石門下生。

＊3　**鈴木君**　鈴木三重吉（一八八二～一九三六）小説家、児童文学者。漱石門下の一人。大正七年、雑誌「赤い鳥」を創刊。

＊4　**安倍君**　安倍能成（一八八三～一九六六）哲学者、教育者。第一高等学校校長、学習院院長、文部大臣を歴任。学生時代から夏目漱石に師事し、小宮豊隆らとともに「漱石門下の四天王」とよばれた。

＊5　**帝都復興院**　震災復興のために、第二次山本権兵衛内閣（大正十二年九月発足）により設置された政府機関。初代総裁は内務大臣後藤新平が兼務。大正十三年二月に廃止され、帝都復興事業は、内務省の復興局に引き継がれた。

＊6　**明暦の大火**　「事変の記憶」の「明暦の火事」の項を参照。

＊7　**丸橋忠弥**　「事変の記憶」の「由井正雪」の項を参照。

＊8　**四十万マルクの食事**　第一次大戦後、敗戦国のドイツには連合国側への一三二〇億マルクの賠償金が課せられた。賠償金の支払いは滞り、これを不服としたフランスとベルギーは、一九二三

年、ドイツ有数の工業地帯であり地下資源の豊かなルール地方を軍事占領。占領に対し、ドイツ政府はストライキを呼びかけ、参加した労働者の賃金を保証するとした。これにより政府の財政は破綻し、空前のハイパーインフレーションが発生。パン一個が一兆マルクとなる事態となり、一〇〇兆マルク紙幣まで発行された。「四十万マルクの食事」は、当時のハイパーインフレの凄まじさを物語る。十一月には、デノミネーションの実施によって当面の危機は回避されたが、このハイパーインフレはヴェルサイユ体制打倒を掲げるファシズム台頭のきっかけとなった。

＊9　**真鍋さん**　眞鍋嘉一郎（一八七八〜一九四一）医学者。日本における物理療法（理学療法）、レントゲン学、温泉療法の先駆者。松山の旧制中学では松根東洋城の同級生で、漱石に英語を学んだ。漱石の臨終（一九一六年）にも医師として立ち会った。大正天皇の主治医も務めている。

＊10　**ルイン**　ruin　遺跡。廃墟。

＊11　**憲兵が大杉栄と伊藤野枝とを殺した**　甘粕事件。関東大震災直後の九月十六日、アナキストの大杉栄（一八八五〜一九二三）とその内縁の妻で婦人解放運動家の伊藤野枝（一八九五〜一九二三）、ならびに大杉の甥・橘宗一の三名が憲兵隊に連行され殺害された事件。首謀者は憲兵大尉・甘粕正彦とされる。

＊12　**reconstruct**　復元するの意。

＊13　**オーシス**　oasis　オアシス。沙漠の中の緑地。

＊14　**クリスチアニア**　Christiania　ノルウェー王国の首都オスロ Oslo の旧称。一九二五年一月よりオスロと改称。

＊15　**十二階**　浅草の凌雲閣。通称「浅草十二階」。東京における高層建築物の先駆けとして、明

治二十三年（一八九〇）に開業。日本初の電動式エレベーターが設置されたことでも知られる。モダンな歓楽街・浅草のシンボルであった。

＊16　**君には興味があるでしやう**　小宮は能、歌舞伎など伝統芸能にも造詣が深く、なかでも中村吉右衛門（初代）を大の贔屓とし、「中村吉右衛門論」（一九一一年）を著わしている。関東大震災で焼失した「新富座」は、明治十一年（一八七八）にガス灯を配備した近代劇場として開設。前身は江戸三座の一つである守田座で、日本初の夜の芝居興行を行なった小屋として知られる。大正十年（一九二一）、市村座を脱退した吉右衛門が、六月に一座を旗揚げした場所であった。震災後は再建されず廃座。跡地は、現在京橋税務署となっている。

＊17　**ハムブルヒ**　Hamburg　ハンブルク。ドイツ北西部の都市。中世以来の自由都市として、ハンザ同盟では中心的な役割を果たした。

＊18　**リユベツク**　Lübeck　リューベック。バルト海に面する北ドイツの港湾都市。

＊19　**服部金太郎**　実業家（一八六〇〜一九三四）。セイコーグループ創始者。昭和七年（一九三二）、銀座に服部時計塔を竣工（二代目）。時計塔は現在も銀座のシンボルとして親しまれている。

＊20　**ハイフエツ**　Jascha Heifetz（一九〇一〜八七）ヤッシャ・ハイフェッツ。ロシア出身の名ヴァイオリニスト。

無題

＊　**鉛丹色**　明るい橙色。黄味の強い朱色。

解説

千葉俊二

天災は忘れた頃にやって来る、という寺田寅彦の名言はよく知られている（土佐高知市の寺田寅彦旧宅跡には「天災は忘れられたる頃来る」という高知出身の著名な植物学者、牧野富太郎の筆による記念石碑が掲げられている）。寅彦の愛弟子である中谷宇吉郎《なかやうきちろう》は、この言葉は話のあいだにしばしば出たものだが、寅彦の書かれた文章のなかにはないといっている（『中谷宇吉郎随筆集』岩波文庫）。が、いまでも大災害に見舞われたとき、必ずといってよいほど人の口にのぼり、さまざまな記事にも引用される語句である。災害大国である私たちには、それほど実感にフィットし、直ちに納得させられる言葉である。

天災は忘れた頃にやって来る、寅彦はどのような意味を込めてこの言葉を発したのだろうか。昭和八年（一九三三）三月三日に三陸地方を襲った昭和三陸大津波を取りあげた「津浪と人間」では、この地方は過去に何遍も津波の被害が繰り返され、学者はもう十年も二十年も前から警告を与えているが、罹災民は「二十年も前のことなどこのせち辛い世の中でとても覚えてはいられない」と、はじめ高いところへ避難しても、「鉄砲の音に驚いて立った海猫が、いつの間にかまた寄って来る」ように、次第に低いところを求めて人口が移ってゆき、被害を大きくしてしまうのだと指摘している。

また「二年、三年、あるいは五年に一回は」きっと襲来するというのならば、津波はもう天災でも何でもないが、昭和八年の大津波は、明治二十九年（一八九六）の明治三陸大津波から満三十七年後のことだ。三十七年といえば、ちょうどひとつの世代が入れかわる歳月で、それ以前の体験の記憶は継承されにくく、災害記念碑を建てて後世の人々に警告を残したとしても、道路改修や市区改正などで、いつしか記念碑も旧道の脇の八《や》重《え》葎《むぐら》のなかに追いやられてしまうという。「天災は忘れた頃にやって来る」という言葉は、こうした「人間界の人間的自然現象」をいったもので、現在にいたるまで災害に対する私たちへの強い警告のメッセージが込められているのだ。

二〇一一年三月十一日に、東日本を襲ったマグニチュード9・0という観測史上最大の地震によって引きおこされた大津波による被害も、基本的には同じである。ここに寺田寅彦の地震や津波などの災害に関する文章をあつめてみたが、いずれも七、八十年も前に書かれたものである。門外漢の私などには詳しいことは分からないけれど、これらの文章が書かれてから今日までのあいだには地震や津波に関する科学的な研究が、飛躍的に進展したと思われる。しかし、この未曾有の大地震と津波によって引きおこされた大災害をまのあたりにして、寅彦の文章をあらためて読み返してみれば、その一語一語にうなずかされ、実感をもってそうだそうだといわざるを得ない。

寺田寅彦は物理学者として東京帝国大学教授となったが、熊本五高時代の夏目漱石の教え子であり、文学者としても数多くのすばらしいエッセイと俳句とを残した。寅彦の文章は、いま読んでもとてもみずみずしく、新鮮である。そしてここにあつめた文章は、間違いなく将来にも繰り返される自然災害への私たちの心構えをやしなううえで、読み直されてしかるべきものである。それは寺田寅彦が物理学者として自然災害を自然現象としてのみ見ていたばかりでなく、それにかかわる「人間界の『現象』」として見ていたからである。しかも、その洞察力のなみなみならない深さと確かさによって時代を超えている。

「天災と国防」は昭和九年（一九三四）九月二十一日に関西地方を襲った室戸台風のあとに書かれたが、その前年の三月に日本は国際連盟を脱退して国際的に孤立し、緊張の度を高めていった「非常時」の時代であった。国防と天災とを重ね合わせているところにそうした時代色をうかがわせるけれど、そこに語られた内容はまったく時代の制約をうけていない。「文明が進むほど天災による損害の程度も累進する傾向があるという事実」の指摘は、今日いっそう骨身に沁みる教訓である。たしかに「安政年間には電信も鉄道も電力網も水道もなかったから幸いであったが、次に起る『安政地震』には事情が全然ちがう」のだ。「一国の神経であり血管である」送電線や水道などのライフラインを断たれては現代文明はなり立たない。

「断水の日」は関東大震災より前の大正十年（一九二一）十二月八日に起こった地震により水道施設が壊れ、その応急工事のために東京全市が断水になった日の感想を記したもの。また「石油ランプ」は冒頭の断り書きに記されているように、大正十二（一九二三）年九月一日の関東大震災の日に書き上げられた原稿である。このふたつの文章を東日本大震災の被害状況を目のあたりにして読むならば、もちろん寺田寅彦の時代にはまだ原子力発電所など存在していなかったのだけれど、地震と津波によって引きおこされた福島第一原発の事故をそのままに重ね合わせざるを得ない。寅彦風にいえば、ここには遠い日からの原発事故への「予感とでも云ったようなもの」が記されている。

「断水の日」には、冒頭近くに「現代文明の生んだあらゆる施設の保存期限が経過した後に起るべき種々な困難」ということが指摘されている。ちょっとした強い揺れであえなく断水してしまう当時の水道施設も困りものだが、まだ水道管の工事ならば、幾日かかろうと必ず復旧するからいい。しかし、原発事故となると、放射線という目に見えない敵に怯えながら、人力で制御することの難しい核エネルギーを相手に格闘しなければならない。プルトニウム２３９のように半減期が二万四千年というとんでもない放射性物質を撒き散らし、未来への負の遺産を残すことにもなる。まさしく「文明が進むほど天災による損害の程度も累進」し、その困難さも半端ではなくなる。

当時はすぐ壊れてしまうスイッチやベルが市場にはびこっていたようだが、「安全に対する科学的保証の付いていない公共構造物」という点では、当時の水道施設も原子力発電所も同じである。想定外の大津波だったとはいえ、それに対する検査方法が完成していなかったということは、安全性への世間の要求がそれほど切実なものでなかったということなのかも知れない。寅彦がいうように、「そういう検定方法は切実な要求さえあらばいくらでも出来るはずであるのにそれが実際には出来ていないとすれば、その責任の半分は無検定のものに信頼する世間にもないとは云われない」からである。

また断水の不便さに寅彦は、どうしても「自分のうちの井戸」を掘らなければならないといっている。現代文明においては水道でも電気でもガスでも何でも、中央での一極集中の管理体制がとられており、その施設のひとつが機能しなくなると、システム全体に決定的なダメージを及ぼす結果となる。原発事故による電力不足からの計画停電もそのいい例であるけれど、太陽光発電にしろ風力発電にしろ、各家庭において自前の発電機をかかえもつことは、「自分のうちの井戸」を掘ることよりもずっと難しい。文明が進めば進むほど、電力の需要は増加してゆくが、首都圏をおそった電力不足の危機は、まさに現代文明の弱点をさらけだしたものといえる。

考えてみれば、平賀源内のエレキテルからいまだ二百年そこそこで、私たちが電気を自由に使うようになってからせいぜい百五十年足らずである（エディソンの白熱電球の発明が一八七九年である）。それが現在、私たちの身の廻りのありとあらゆるもの、自動ドアから電動歯ブラシ、便座にいたるまで電気がなければ動かないのだ。今日、家電量販店はかつてのデパートに代わって現代生活に必要なあらゆる商品を取り扱っている。そう遠くない将来に自動車も家電製品になることは間違いない。現代文明ではあらゆる動力が電気に集中するような方向へ向かっており、その莫大な電力をまかなうために原子力発電所の開発もおこなわれてきたのである。

が、私たちは寅彦が「石油ランプ」でいうように「平生あまりに現在の脆弱《ぜいじゃく》な文明的設備に信頼し過ぎてい」はしまいか。電灯がゆきわたると、アッという間に石油ランプがなくなり、それを入手するにも大変な苦労をしたという。もし「万一の自然の災害」あるいは「人間の故障」などによって「電流の供給が中絶するような場合」が起こったらどうするのだろうという寅彦の心配は、そのまま現在まさに私たちが直面した問題である。何の準備もなしにのうのうと暮らしていたとはまことに迂闊千万だった。しかも石油ランプがあったとしてもアメリカ製のいかにも無骨なものか、体裁だけの日本製のものというのは、何やら今回の原発事故への対応そのものを象徴しているようで背筋が寒くなる。国民性というか、国家の体質はなかなか変わらないものなのだろうか。

東日本大震災は、「地震に伴う光の現象」にも言及された八六九年の貞観地震以来の千年に一度の大地震だったといわれる。「時事雑感」には防火演習や防空演習などが頻繁におこなわれるが、「火事よりも空軍よりも数百層倍恐ろしいはずの未来の全日本的地震、

五、六大都市を一薙《ひとなぎ》にするかもしれない大規模地震に対する防備の予行演習をやるような噂はさっぱり聞かない」と語られる。「煙突男」のように自分も「地震国難来《こくなんきたる》」と叫んで地震研究の資金を集めたいともいっているが、まさにそれから八十年後に冗談ではなく「地震国難来」が現実のものになってしまった。決して「杞人《きじん》の憂い」でも何でもなかったのだ。

地震を発生させる地球規模のスケールは、電気を使用しはじめて二百年足らずの人間的スケールとはまったく違う。いったん事故を起こしてしまっては、その莫大な経済的損失ばかりか、人類の未来へ半永久的に大きな損害を残してしまうことになる原子力発電所を設計するには、地球的規模のスケールをもってしなければならなかったはずだ。しかしそれを人間的スケールの規模で計算してしまったところに、福島第一原発の根本的な問題があったのではないだろうか。事故を起こしてから支払われる巨額な補償金や賠償金のことを考えれば、それだけの金を安全対策にかけていたならばと思うけれど、それはしょせん人間のあと智恵だろう。どれほど安全対策をおこなっていたとしても、不慮の人為的な事故まで防げるわけではないだろう。

＊

「事変の記憶」「地震雑感」「流言蜚語」はいずれも関東大震災にかかわる文章である。「事変の記憶」は、「地震の予報はできるか」と同じく「ローマ字世界」に発表されたもので、原文はローマ字で綴られている。大正十二年九月一日に起こった関東大震災は、十万を超える死者・行方不明者を出した明治以降のわが国における最大の災害であったが、同じことを繰り返さないためには、過去の災害からいろいろ学ばなければならない。寅彦の目からすれば、地震や災害に関する知識は、大正の知識階級も「昔の江戸の文盲な素町《すちよう》人《にん》と同じ程度」ということになるが、それを克服するためには、地震に関する科学的な知識の習得と同時に、「経験の記憶」の継承ということがどうしても必要になる。

また関東大震災では流言蜚語によるデマの二次的災害ということが問題となったが、東日本大震災においてもチェーンメールなど根拠のない情報で不安を煽ることもあったようだ。しかしテレビ、ラジオ、インターネットなどさまざまな情報機器が発達した今日においては、関東大震災のときのような大きな問題とはならなかったけれど、原発事故にかかわる放射能汚染の風評被害は大きかった。寅彦は流言蜚語が成立するためには、次々に受け次ぎ取り次ぐ「媒質」の存在が必要で、その責任の半分は「市民自身が負わなければならない」といっている。風評被害も原理的には同じなのだろうが、なにせ相手が目に見えない放射能だけになかなか厄介な問題をはらんでいる。

Ⅱには寺田寅彦の地球物理学者としての関心から書かれた地震関連の文章をあつめた。

寅彦には純粋な学術論文も含めて地震に関する文章は相当数あるが、ここには一般的な読者が読んでも興味をもつことができるようなものを選んだ。「大正十二年九月一日の地震について」は、東京地質学会での講演にもとづいた高度な専門的内容であるが、「地震雑感」の記述を科学的に裏づけるものとなっている。また当時の地震研究がどのようなレベルにあったかを知ることもできて、はなはだ興味深い。

そこで寅彦は「ウェーゲナー、ジョリーの両者の説に共通な基礎的仮定を敷衍《ふえん》する事によって、東亜の地形的構造を説明すべき一つの鍵を与える見込みがあるものと信ずる」と、今日のプレートテクトニクス理論を先取りするような見解を述べている。ウェーゲナーが大陸移動説を提唱したのは一九一二年であるが、はじめ荒唐無稽な説としてなかなか受け入れられなかった。日本で最初に紹介したのも寅彦だったが、この大陸移動説の延長上にプレートテクトニクス理論が確立したのは、ようやく一九六〇年代も後半になってからである。寅彦がいかに先見性に富んでいたかは、このことによっても証されるだろう。

Ⅲには関東大震災に遭遇した折の「震災日記より」と、当時、ドイツに留学していた友人の小宮豊隆へ宛てて大震災の様子を逐一報告した書簡とを収めた。「震災日記より」は大正十二年の日記を参照しながら、昭和十年になって書き直され、遺稿集『橡の実』に収録されたもので、全集に収められている日記そのものとは別なものである。小宮豊隆宛書簡の地震当日の記述は日記と重なるところもあるけれど、未曾有の大震災に遭遇して緊迫した日々をおくるなかで、率直な感想がストレートに語られており、随筆とはまたおのずからちがった面白さがある。

最後に「災難雑考」について。これは昭和十年（一九三五）五月六日に岐阜県立大垣高等女学校の生徒が箱根の堂ヶ島温泉に一泊し、出発の間際に記念写真を撮るために宿の前の吊り橋のうえにひとつのクラス五、六十人が並んだところ、吊り橋の鋼索がきれて大勢の負傷者を出したという事件に触発されて書かれたもの。寅彦はこの年の大晦日十二月三十一日に五十八歳で逝去する。「早い話が、平生地震の研究に関係している人間の眼から見ると、日本の国土全体が一つの吊橋の上にかかっているようなもので、しかも、その吊橋の鋼索が明日にも断《き》れるかもしれない」というのは、まさに後世の私たちへ残された寅彦の遺言ではないだろうか。

「『地震の現象』と『地震による災害』とは区別して考えなければならない。現象の方は人間の力でどうにもならなくても『災害』の方は注意次第でどんなにでも軽減され得る可能性がある」とか、「実際の事故の原因をおしかくしたり、あるいは見て見ぬふりをして、何かしら尤もらしい不可抗力に因《よ》ったかのように附会してしまって、そうしてその問題を打切りにしてしまうようなことが、（中略）諸方面にありはしないか」とか、「災難にかけては誠に万里同風である。浜の真砂《まさご》が磨滅して泥になり、野の雑草の種族が絶えるまでは、災難の種も尽きないというのが自然界人間界の事実であるらしい」といった言葉は、それこそ文明が崩壊し人類が絶滅する日までその有効性を失わないだろう。

そこからわれわれ人間は災難によって養い育まれているのではないだろうかという「進化論的災難観」や、災難を予知したり、あるいはいつ災難がきてもいいように防備のできているような種類の人間だけが生き残るという「優生学的災難論」といった奇抜な発想も、半ば冗談めかして語られる。そして、最後に「この纏《まとま》らない考察の一つの収穫は、今まで自分など机上で考えていたような楽観的な科学的災害防止可能論に対する一抹《いちまつ》の懐疑である」と結んでいる。私たちはまさにこの「懐疑」のうえにかけられた吊り橋を、いつ鋼索がきれるかとビクビクしながら渡りつづけているようなものだろう。

それにしても今回の東日本大地震における津波や原発事故によって引き起こされた被害は、寅彦がいうところの「人間界の人間的自然現象」による側面が非常に強い。何十年も前から発せられつづけていた寺田寅彦のこれらの警告にもっと謙虚に耳を傾けていたならば、その被害も三分の一、いや十分の一にも大幅に軽減していたかも知れない。返すがえすも残念である。地球上での日本列島の位置が動かせない限り、未来永劫これからも日本は大地震とそれにともなう津波に見舞われつづける。私たちは何度も何度も繰り返し繰り返し寅彦の遺言を確認しなければならないのではないだろうか。

二〇一一年四月二十四日

初出一覧

Ⅰ

断水の日（大正十一年一月一日二日三日「東京朝日新聞」、一月一日二日「大阪朝日新聞」）
事変の記憶（大正十二年十月「ローマ字世界」）
石油ランプ（大正十三年一月「文化生活の基礎」）
地震雑感（大正十三年五月「大正大震火災誌」）
流言蜚語（大正十三年九月一日「東京日日新聞」）
時事雑感（昭和六年一月「中央公論」）
津浪と人間（昭和八年五月「鉄塔」）
天災と国防（昭和九年十一月「経済往来」）
災難雑考（昭和十年七月「中央公論」）

Ⅱ

地震の予報はできるか（大正十一年九月「ローマ字世界」）
大正十二年九月一日の地震について（大正十三年七月「地学雑誌」）
地震に伴う光の現象（昭和六年一月一日「日本消防新聞」）

Ⅲ

震災日記より（昭和十一年三月『橡の実』所収）
小宮豊隆宛書簡（大正十二年九月——十一月）
無題（大正十二年十一月「渋柿」、昭和八年六月『柿の種』所収）

編者略歴
千葉俊二（ちば・しゅんじ）
一九四七年生まれ。早稲田大学第一文学部卒業。現在、早稲田大学教育・総合科学学術院教授。著書に『谷崎潤一郎　狐とマゾヒズム』『エリスのえくぼ　森鷗外への試み』（小沢書店）ほか。『潤一郎ラビリンス』（中公文庫）全十六巻を編集。
細川光洋（ほそかわ・みつひろ）
一九六七年生まれ。早稲田大学教育学部卒業。現在、高知工業高等専門学校准教授。著書に『寅彦をよむ』（「心伎」発行所）。

資料協力　小宮里子

本書は文庫オリジナルです。

本書は、一九九六年十二月から九九年八月に岩波書店から刊行された『新版　寺田寅彦全集』全三十巻（第Ⅰ期全十七巻、第Ⅱ期全十三巻）を底本とし、初出を適宜参照しました。

漢字を新字にあらため（一部固有名詞や異体字をのぞく）、旧かなづかいを現代かなづかいに統一しました。また、読みにくい語にふりがなを追加し、かな表記の踊り字をあらためました。

雑誌「ローマ字世界」に掲載されたものに関しては、元の表記がローマ字であるため、表記をあらため、現代かなづかいで統一しました。
「小宮豊隆宛書簡」に関しては、資料性を優先し、旧かなづかいをそのまま使用し、踊り字などはそのままとしました。ただし、ふりがなは読みやすさを優先して新かなづかいとし、明らかな誤植は修正しました。

本書に収載された作品には、今日の人権意識からみて不適切と思われる表現が使用されておりますが、本作品が書かれた時代背景、文学的価値、および著者が故人であることを考慮し、一部の表現に修正を加えたほかは、基本的に発表時のままとしました。

（中公文庫編集部）

中公文庫

地震雑感《じしんざっかん》／津浪《つなみ》と人間《にんげん》
——寺田寅彦随筆選集《てらだとらひこずいひつせんしゅう》

2011年7月25日　初版発行
2020年2月29日　3刷発行

著　者　寺田《てらだ》 寅彦《とらひこ》
編　者　千葉《ちば》 俊二《しゅんじ》
　　　　細川《ほそかわ》 光洋《みつひろ》
発行者　松田 陽三
発行所　中央公論新社
〒100-8152　東京都千代田区大手町1-7-1
電話　販売 03-5299-1730　編集 03-5299-1890
URL http://www.chuko.co.jp/

DTP　平面惑星
印　刷　三晃印刷
製　本　小泉製本

Published by CHUOKORON-SHINSHA, INC.
Printed in Japan　ISBN978-4-12-205511-7 C1195

中公文庫既刊より

各書目の下段の数字はISBNコードです。978－4－12が省略してあります。

く-20-1 **猫** クラフト・エヴィング商會／井伏鱒二／谷崎潤一郎 他

猫と暮らし、猫を愛した作家たちが思い思いに綴った珠玉の短篇集が、半世紀ぶりに生まれかわる。ゆったり流れる時間のなかで、人と動物のふれあいが浮かび上がる、贅沢な一冊。

205228-4

う-9-4 **御馳走帖** 内田百閒《ひゃっけん》

朝はミルク、昼はもり蕎麦、夜は山海の珍味に舌鼓をうつ百閒先生の、窮乏時代から知友との会食まで食味の楽しみを綴った名随筆。〈解説〉平山三郎

202693-3

う-9-6 **一病息災** 内田百閒

持病の発作に恐々としつつも医者の目を盗み麦酒をがぶがぶ……。ご存知百閒先生が、己の病、身体、健康について飄々と綴った随筆を集成したアンソロジー。

204220-9

う-9-10 **阿呆の鳥飼** 内田百閒

鶯の鳴き方が悪いと気に病み、漱石山房に文鳥を連れて行く……。『ノラや』の著者が小動物たちとの暮らしを綴る掌篇集。〈解説〉角田光代

206258-0

う-9-12 **百鬼園戦後日記Ⅰ** 内田百閒

『東京焼盡』の翌日、昭和二十年八月二十二日から二十一年十二月三十一日までを収録。掘立て小屋の暮しを飄然と綴る。〈巻末エッセイ〉谷中安規（全三巻）

206677-9

う-9-13 **百鬼園戦後日記Ⅱ** 内田百閒

念願の新居完成。焼き出されて以来、三年にわたる小屋暮しは終わる。昭和二十二年一月一日から二十三年五月三十一日までを収録。〈巻末エッセイ〉高原四郎

206691-5

う-9-14 **百鬼園戦後日記Ⅲ** 内田百閒

自宅へ客を招き九晩かけて還暦を祝う。昭和二十三年六月一日から二十四年十二月三十一日まで。索引付。〈巻末エッセイ〉平山三郎・中村武志〈解説〉佐伯泰英

206704-2